사라질까 두려운
어머니와의 추억들

Ainsi parlait ma mère

by Rachid BENZINE

사라질까 두려운

어머니와의 추억들

Ainsi parlait ma mère

하쉬드 벤진 지음 | 문소영 옮김

mu**j**intree
뮤진트리

■ 일러두기

- 이 책은 Rachid Benzine의 《Ainsi parlait ma mère》(Seuil, 2020)를 우리말로 옮긴 것이다.
- 본문에 나오는 도서·노래의 제목은 원제목을 번역 표기하는 것을 원칙으로 하되, 국내에 번역 출간 및 소개된 작품은 그 제목을 따랐다.
- 옮긴이의 주는 괄호 안에 줄표를 두어 표기했다.

1

대체 저 사람이 자기 어머니 침실에서 뭘 하고 있는 건가 궁금하시죠? 저는 루뱅가톨릭대학에서 문학을 가르치는 교수입니다. 평생 결혼 한 번 제대로 못 해봤지요. 삶과 그 부침에 지치고 꺾이고 패인 저의 어머니. 저는 그런 모친이 깰 때를 대비하여 손에 책을 쥔 채 대기하는 중이랍니다. 발자크의 《나귀 가죽》, 이게 제 손에 들려 있는 책의 제목입니다. 군데군데 잉크가 지워졌을 정도로 오래되고 낡은 책이지요. 제 어머니는 글을 읽을 줄 모르는 분이세요. 만약 아셨다면 수십만 권의 다른 책에도 관심을 보이셨을 겁니다. 그런데 왜 하필 이 작품이냐고요? 저도 모릅니다. 한번도 그 답을 안 적이 없습니다. 어머니조차도 그 이유를 모르시죠. 하지만 하루 중 마음에 여유가 생길 때나 마음을 좀 달래고 싶을 때, 그냥 삶을 좀 즐기고 싶은 마음이 들 때면 꼭 이 책을 읽어달라고 하십니다. 당신의 아들을 써먹고 싶으실 때도 그렇고요.

잠들기 전 저녁에 책을 읽는 건 어머니에게도 빼놓을 수 없는 일과가 되었습니다. 베개를 베고 옆으로 누워서 몸을 웅크리고 눈을 감으시죠. 이미 수십 번도 더 들은 이야기에 또다시 경이로워하거나 무서워 벌벌 떨게 될 걸 아는 어린아이처럼요. 《나귀 가죽》, 이 책을 제가 읽어드린 것만도 벌써 이백 번이 넘는답니다. 어머니가 이 작품을 알게 된 건 25년 전 제가 도서관에서 빌려다드린 오디오테이프를 통해서였죠. 한때 이런 식으로 어머니께 보물 같은 문학작품을 알려드리는 데 한창 열을 올리던 시절이 있었거든요. 기본적으로 시각장애인이나 시력이 약한 사람들을 위한 카세트테이프였어요. 열 개 남짓한 테이프를 들으셨는데 그중에서 《나귀 가죽》을 제일 좋아하셨죠. 바로 꽂히셨다고나 할까요. 테이프를 도서관에 반납하자마자 저에게 책을 사다달라고 하시더군요. 그러고는 주기적으로 읽어달라고 하셨어요. 이 작품에만 너무 빠져 계시는 게 걱정됐지만 제 시간도 좀 덜 겸 해서 다른 자료로 찾아드리기도 했답니다. 처음에는 비디오테이프를 사다드렸다가 가극, 오페라, 발레, 영화, 텔레비전 등 다양한 버전으로 각색된 《나귀 가죽》의 DVD를 사다드렸죠. 하지만 그 어떤 것도 제가 더 이상 읽어드릴 필요가 없을 정도로 어머니의 은총을 한 몸에 받지는 못했어요.

제가 없을 때는 주야장천 테이프만 들으시는 바람에 벌써 몇 개나 사다드렸는데도 얼마나 많이 들으시는지 금방 늘어져버리곤 했답니다. 카피를 여러 번 해드렸지만 얼마 못 가서 잘 들리지 않게 되더군요. 그리고 언제부턴가 더이상 《나귀 가죽》테이프를 찾을 수 없었습니다. 더이상 판매를 하지 않게 된 것이죠. 하나쯤은 찾을 수 있겠지 하는 심정으로 중고품가게를 여기저기 뒤져보기도 했지만 찾을 수 없더군요. 도서관에 가서 대출한 테이프를 분실한 것처럼 거짓말을 하기도 했지요. 하지만 그 테이프마저도 결국 수명이 다 되고 말았답니다. 그러니 이렇게 매일 읽어드리는 수밖에요. 제가 책을 읽어서 녹음을 해드려도 봤지만 어머니께서 썩 달가워하시지 않는다는 걸 바로 알 수 있었습니다. 배우에게 돈을 주고 디지털 스튜디오에서 녹음을 해보기도 했어요. 어머니가 디지털 기기에 익숙하지 않으셔서 카세트테이프로 옮겨드렸지요. 하지만 이 버전도 그다지 어머니의 축복을 받지는 못했습니다. 어머니는 오로지 이 작품을 처음 알게 해준 카세트테이프나 저의 생생한 목소리로 듣는 것만

좋아하셨어요.

그러다가 언제부터인가 어머니가 확 노쇠해지시더군요. 하루는 가스불 켜놓은 걸 깜빡하셨어요. 그다음에는 신통방통한 성능의 진공청소기를 일주일에 세 대나 구입하셨지요. 또 어떤 때는 바닥에 털썩 주저앉으시더니 혼자 힘으로 일어나질 못하셨습니다. 그래서 형제들 중 유일하게 미혼이었던 제가 15년 전에 결혼 계획과는 영영 이별을 고하고 54년 전 제가 태어난 스하르베르크의 방 두 칸짜리 어머니 집으로 들어오게 된 것이지요. 저보다 나이가 훨씬 많은 형들은 오래전부터 타지에서 터를 잡고 살고 있었거든요. 다들 가정이 있고 손주들도 있지요. 그래서 일흔여덟이 되신 어머니가 더이상 혼자 지내실 수 없게 되면서부터 제가 같이 살고 있답니다.

15년 전부터 제가 어머니를 돌보면서 속옷도 갈아입혀드리고 씻겨드리고 옷도 입혀드리고 있지요. 하루에도 몇 번씩 '아래쪽 위생'도 챙겨드리고 있고요. 54년 전 바로 그 '아래'를 비집고 나온 피투성이가 빽빽 울어대며 처음으로 자유의 공기를 한껏 들이마시던 당시에는, 하게 될 줄 꿈에도 몰랐던 일을 일컫기에는 꽤 중립적인 표현인 셈이지요.

그럴 때면 어머니는 제 손을 잡으신답니다. 어머니 얼굴에 서글픈 미소가 피어오르지요. 어머니나 저나 둘 다 어색함과 동시에 행복함을 느낍니다. 뭐라 한마디로 표현할 수 없는 감정이지요. 주중에 곁에서 수발들러 오는 돌보미들 외에 어머니가 수치심을 느끼시지만 이 위생 처리를 허락하는 사람은 그 필요성을 알고 있는 저뿐이랍니다.

처음으로 위생 처리를 해드렸던 때가 기억나네요. 간병인이 사고가 나서 올 수 없었고 대신할 사람은 다음 날부터나 올 수 있는 상황이었습니다. 어머니의 표정으로 무척 난감해하시는 걸 알 수 있었어요. 저에게 새 간병인이 올 때까지 그냥 타월로 얼굴하고 목이랑 팔만 닦아달라고 하시더군요. 하지만 전부터 온몸 구석구석을 씻는 습관이 있는 양반인지라 그렇게 하지 않으면 얼마나 힘들어하실지 알고 있었습니다. 그래서 어머니를 쳐다보면서 제가 씻겨드리겠다고 했지요. 어머니는 아무 대답도 없이 눈물만 글썽이셨고 좋다 싫다 아무런 말씀이 없으셨어요. 어머니를 침대에서 조심스럽게 일으킨 뒤 닦아드렸습니다. 제 손이 덜덜 떨리더군요. 아래쪽에 손을 대는 동안 저에게 전적으로 의지하던 어머니의 한없는 연약함이 돌연 느껴졌던 걸까요? 어머니가 거북해하고 마음 상해하는 걸 느꼈던 걸까요? 우리는 서로 말이 없었습니다. 규범의 장벽 따위는 하등 문제시되지 않는, 한 사람이 다른 사람을 돕는 인간 본연의 모습으로 돌아간 이 가슴 벅찬 순간을 함께 나눴던 거죠. 어떤 면에서는 어머니께 해방감을 느끼게 해드린 순간이었어요. 그렇죠. 단 한 번도 뭔가를 부탁하신 적 없던 어머니가 이제 모든 걸 자기 가족에게 의지할 수 있었으니까요. 가족이라 함은 저를 말하는 건데, 왜냐하면 짐작하건대 형들은 이런 일을 절대 하려고 하지 않았을 테니까 말입니다. 각자 자기가 할 수 있는 일을 하면 되는 것이죠.

이런 연유로 제가 누굴 집으로 초대한다거나 약속 때문에 외출하는 일은 완전히 접게 되었고, 제가 하는 외부활동이라곤 고작 대학에서 맡고 있는 13시간의 강의가 전부랍니다. 발자크의 《나귀 가죽》이 현재 어머니 곁에서 제가 펼치고 있는 유일한 지적이고 정서적인 활동 범위지요. 물론 다른 작품도 읽고 있답니다. 책이야말로 저의 삶 그 자체거든요.

책에 코를 박고 산 지가 54년입니다. 처음에는 엉덩이로 책을 읽었지요. 유아기 때 책으로 기저귀를 찼거든요. 배변으로 잉크가 뭉개져서 엉덩이에 고름과 딱지가 생기기도 했습니다. 아버지가 브뤼셀 근교에서 폐기 처분하는 일을 하셨거든요. 매일 온갖 종류의 팔리지 않은 책 수십 톤을 분쇄하셨지요. 구멍난 책부터 지역 일간지까지. 정치를 다룬 잡지부터 아동용 도서까지. 성인 잡지부터 오래된 미사경본까지. 책, 잡지, 신문을 매일 집으로 가져오셨습니다. 짊어지고 오실 수 있는 만큼 잔뜩 말이지요. 그걸로 난방도 하고 창틈도 메우고 가구도 괴고 화장실에서도 쓰고 아이들 기저귀로 쓰는 등 온갖 걸 다 했습니다. 그리고 이따금 읽기도 했지요. 아버지도 어머니도 프랑스어를 읽으실 줄 몰랐습니다. 두 분은 1950년대 중반 모로코의 자고라를 떠나 벨기에로 오셨는데, 이민을 가는 사람들이 거의 없던 시절이었어요. 벨기에보다는 프랑스로 가는 사람들이 더 많았던 때였지요. 지금껏 부모님의 이주 경로에 대해 제대로 알아본 적은 없습니다. 과연 알고 싶은 마음이 있기나 했을까요? 부모님과 저는 한집에서 같이 살기는 했지만 단 한 번도 더불어 산 적은 없었습니다.

부모님이 네 명의 형과 저—'노후에 의지할 녀석'으로 늘그막에 태어난—의 교육에 정신이 팔려 있는 동안 저는 일찌감치 스하르베르크에 있는 저희 집 앞 창고에 쌓여가는 책더미 뒤편으로 숨어들었지요. 생각해보면 그때만 해도 우리집이 이 동네에서 그렇게 나쁜 편은 아니었습니다. 골목 맨 안쪽에 콕 박혀 있는 방 두 칸짜리 집으로, 층계와 포장이 엉망인 50제곱미터 정도 되는 마당이 있었지요. 마당에 있는 돌부리에 걸려 여기저기 다치는 일이 허다했고 비가 몇 방울만 떨어져도 그냥 나자빠지곤 했어요. 그 어디에도 없는 멋진 놀이터였답니다. 네 명의 형에게는 말이지요. 거기서 미친 듯이 욕구를 발산할 수 있었거든요. 하지만 저는 책더미에서 벗어나질 않았어요. 아버지가 매일 저녁 퇴근해서 집에 들어오실 때마다 책은 더 많아졌지요. 저는 책의 크기, 책에 실린 사진, 컬러풀한 그림에 완전히 매료되어버렸어요. 눈을 감고 손으로 그것들을 하나하나 읽어나갈 때의 그 느낌이 그렇게 좋을 수가 없었습니다. 그러다가 학교에 들어가기도 전에 글을 읽을 수 있게 되었지요. 이미 글을 읽을 줄 알았던 형들이 어쩌다 짬을 내서 단어 몇 개를 알려주기도 했어요. 아버지도 그런 식으로 읽는 법을 배우셨죠. 누가 봐도 파리의 세련된 주부들이 대상인 〈모드 에 트라보〉 잡지를 특히나 좋아하셨어요. 패션, 인테리어, 요리, 미용에 관한 내용에 몇 시간이고 푹 빠져 계시곤 했습니다. 바느질에 관한 페이지는 시간 가는 줄 모르고 보셨고 뜨개질에 관한 건 더더욱 그러셨어요. 어쩌다 어머니한테 아주 짤막하게 설명해주실 때도 있었지요. 그게 다였지만요.

읽는 습관이 아버지의 인생에 어떤 식으로든 영향을 미쳤다고 느낀 적은 한 번도 없었습니다. 아버지의 삶은 당시 다른 이민노동자들의 삶과 그리 다르지 않았거든요. 아버지와 저 둘 다 책을 읽는 건 좋아했지만 그렇다고 서로 함께할 만한 내용은 하나도 없었습니다. 아버지는 제가 뭘 읽고 있는지 관심이 없으셨어요. 저도 아버지가 어떻게 그런 것에 관심을 갖고 읽으실 수 있었는지 이해가 되질 않았고요. 학교교육을 받기 시작하면서 무의식적이지만 꽤나 현실적인 계급 경시가 제 안에 점점 자리잡게 되었던 거지요. 아직까지 저를 잠식하고 있는 계급 경시에 대해서는 정말 부끄럽게 생각하고 있답니다.

한마디로 저는 아주 어렸을 때부터 보통 아이들이 파스타면을 게걸스럽게 먹어치우는 것처럼 책에 탐닉했던 겁니다. 도취적 욕구에 현실성을 부여하기 위해서 말이지요. 결국 또 다른 삶에 대한 추구였던 거겠지요. 이게 바로 일찍부터 가족의 생계 전선에 뛰어들었던 형들과 제가 늘 달랐던 점이랍니다. 사실 아버지는 제가 일곱 살이 되기 며칠 전에 책 수송용 운반대에 치여 돌아가셨어요. 아버지가 그렇게 돌아가셨다고 해서 독서에 등을 지게 되지는 않았습니다. 단지 운반대가 싫었을 뿐이지요. 꼭 그랬던 건 아니지만요.

2

　죽음에 관해 어머니는 아주 특이한 이력을 갖고
계신 분이랍니다. 지구상의 모든 건강염려증으로
침울한 분들, 질병공포증임이 자명한 분들, 평생 병
약한 체질인 분들과 비슷한 점이 있다손 치더라도
말이죠. 어머니는 이미 여러 번 돌아가신 경험이 있
거든요. 처음 돌아가셨을 때는 아마 제가 여덟 살인
가, 아홉 살이었을 거예요. 수차례 병원 출입을 하던
어느 날 집에 돌아오셨을 때였어요. 저는 정수리만
겨우 보일 정도로 소파에 폭 싸인 채 모험을 떠나는

내용의 만화에 정신이 팔려 있었죠. 인물들의 액션과 의상, 순간순간의 에피소드에 완전히 빠져 있었거든요. 어머니가 문을 열고 들어오시는 것도 거의 모를 정도로 말이죠. 대신 어머니가 무너지듯이 의자에 털썩 주저앉으시는 소리는 아주 또렷하게 들렸어요. 저는 고개를 들어 뒤를 돌아봤습니다. 마치 죽은 사람처럼 어머니의 오른손에서 가방이 스르륵 빠지더니 바닥으로 뚝 떨어졌어요. 어머니가 고개를 뒤로 축 늘어뜨리더니 왈칵 울음을 터뜨리시더군요. 순간 뭔가 일이 터진 걸 직감한 저는 어머니 곁으로 달려갔죠. 어머니는 절망적인 눈길로 저를 쳐다보면서 "엄마가 죽는대!"라고 울부짖으시더니 저를 품에 안고 또다시 펑펑 우셨습니다.

어머니는 그날도, 몇 달이 지난 후에도 돌아가시지 않았어요. 그리고 세월이 흐르면서 저는 당신의 건강상태에 대해 의사들이 설명하는 내용은 거의 하나도 이해하지 못하시면서 그들이 내린 사형선

고는 진심으로 받아들이셨던 어머니의 이런 연극, 연출에 점점 익숙해졌답니다. 그리고 어머니는 늘 약통을 가지고 다니시면서 의사의 처방대로 시간에 맞춰 꼬박꼬박 약을 챙겨 드셨지요. 이 글을 쓰고 있는 지금 제가 쉰넷이고 어머니가… 아흔셋이 되신 걸로 봐서는 의사들이 꽤나 애를 쓴 게 분명합니다.

걱정 안 하셔도 됩니다. 지금도 여전히 어머니가 돌아가실 거라는 말은 주기적으로 듣고 있거든요. 이제는 저에게 그 소식을 전하는 사람이 더이상 어머니가 아니라 의사들이긴 하지만 말이죠. 진단 결과 의사들은 난감한 표정으로 어머니가 얼마 못 사실 거라는 설명을 합니다. 수술을 하면 큰 기대는 할 수 없지만 수명을 좀더 연장할 수는 있을 겁니다. 하지만 어머니의 약해진 심장과 연세를 고려할 때… 수술은 하지 않을 겁니다. 수술 자체가 어머니한테 치명적일 수 있거든요. 그렇게나 여러 번 돌아

가신 적 있는 어머니인데 말이지요. 운명의 아이러
니랄까요⋯. 어쨌거나 이제 어머니에게 남은 시간
은 몇 시간, 기껏해야 며칠뿐입니다. 전문의들로부
터 최종 판정을 듣는데, 우리 가족 주치의가 하늘로
시선을 들어 올렸다가 저를 쳐다보며 입을 움찔거
리더군요. 마치 "전 더 드릴 말씀이 없습니다. 20년
전부터 돌아가실 거라는 말씀을 하도 여러 번 드렸
던 터라⋯ 어머님이 저희보다 더 오래 사실 수도 있
어요"라고 말하는 것처럼 말이죠.

46년 또는 47년 전에⋯ 어머니가 저에게 당신의
죽음이 임박했음을 알려주신 날 병원에서 의학부
교수가 도대체 어머니에게 무슨 말을 했는지 저는
모릅니다⋯. 어머니는 한 번도 프랑스어를 제대로
이해하신 적이 없거든요. 그래서 시청 및 사회보장
기관 직원이나 의사에게 질문을 받으면 어머니는
당신의 대답이 어떤 영향을 미칠지는 조금도 생각
하지 않으시고 늘 한결같이 "네"라는 대답만 하셨

어요. 그것 때문에 경찰서, 세무서, 사회복지과, 은행, 병원, 각종 행정 업무 등 모든 면에서 우리가 이만저만 불편했던 게 아니랍니다. 무슨 말인지 잘 모르는 질문에는 '네'라고 하지 마시라고 형들과 제가 대체 몇 번이나 말씀드렸던지. 누굴 만날 때는 제발 우리 중 한 명이라도 꼭 데리고 가시라고 대체 얼마나 애원했던지….

어머니는 저희에게 늘 많은 걸 주셨지만 단 한 번도 저희한테 뭔가 부탁할 엄두조차 내지 않으셨어요. 왜냐하면 희생이 어머니의 유일한 행동 방침이거든요. 그리고 타인 섬기기가 제2의 천성이니까요. 이런 태도를 취하시게 된 건 아마 50년대 중반에 아버지도 그렇고 어머니도 정식 서류도 없이 행한 이민 때문일 겁니다. 모자를 쓰고 있거나 시종이 있거나 멋진 자동차가 있거나, 아니면 단순히 자동차만 있는 경우에도 그렇고 또 공영주택이 있는 남녀 어른들 앞에서는 늘 머리를 조아리시는 어머니의 모습을 봤습니다. 뜨거운 물도 나오지 않고 화장실도 없는 방 두 칸짜리 집에서 7년 동안 살았던 우리 같은 사람들한테 토끼장같이 생긴 공영주택의 세입자는 이미 존경해야 마땅하고 예의를 갖춰 인사를 건네야 하는 부르주아였으니까요. 동네 어귀에 있는 구멍가게 여주인도 우리로서는 엄두조차 낼 수 없는 사회적 성공을 거둔 사람이었답니다.

어머니의 어설프기 그지없던 프랑스어 실력은 당신 스스로를 더 미천하게 느끼게 했습니다. 누군가가 자신에게 말을 건네는 것만으로도 어머니에게는 영광이었지요. 몰리에르의 언어, 어머니는 그 언어를 모욕과 굴욕의 순간을 통해서 배우셨어요. 말투가 상스러웠던 안주인들이 오랜 기간 체류증도 없었던 이 작달막한 '아랍인' 가정부의 상황을 더욱 악화시켰지요. 양심이라곤 찾아볼 수 없는 고용주들의 집에서 악착같이 일한 40년 동안 바닥에서 천장까지 어머니가 쓸고 닦으신 거리만 계산해도 지구를 몇 바퀴 돌고도 남을 겁니다. 아버지가 돌아가시면서 현대판 노예생활은 더 심해졌지만 그나마 그 생활 덕에 당신도 살고 다섯 명의 아이도 먹일 수 있었습니다. 아주 최근까지도 어머니는 당신이 견뎌냈던 고통에 대해서는 우리에게 일언반구도 하지 않으셨어요.

스스로를 낮춤과 방해가 될지도 모른다는 두려움, 이 두 가지가 어머니의 심리적 기준이었습니다. 결단코 그리고 절대로 누군가의 시간을 뺏거나 주의를 끌려고 하신 적이 없었어요. 어머니 표현에 따르면 "폐가 될까 봐" 어떤 상황에서도 늘 혼자 알아서 헤쳐나가려고 애쓰셨던 겁니다. 하지만 어머니 마음속에는 잘 보이지도, 말로 표현할 수도 없는 아주 깊은 두려움, 즉 '상처받기 쉬운 마음'이 자리하고 있었던 게 아닌가 싶어요. 왜냐하면 어머니 입장에서 도움을 청한다는 건 당신의 한계, 당신의 나약함을 인정하는 것이었으니까요. 저는 어느 날 어머니가 살림을 봐주시게 된 새 고객이 사는 동네의 버스와 지하철 노선을 금세 다 외우신 걸 보고 깜짝 놀란 적이 있었는데, 어머니가 시선을 떨군 채 양털 담요를 만지작거리시면서 가슴속 깊이 새기고 있던 경험담을 들려주시더군요. 제가 아직 태어나기도 전 어느 겨울 아침이었답니다. 여느 아침처럼 어머니는 아버지와 형들을 위해 찻주전자를 보온기에 올리고 따끈따끈한 빵을 식탁 위에 차려놓으시고는 청소를 맡은 회사로 가기 위해 아침 일찍 집을 나서셨지요. 전날 아버지와 말다툼을 벌인 탓에 기분이 언짢으셨던 어머니는 버스를 잘못 타시는 바람에 생판 모르는 외곽지역에 떨어지시게 되었답니다. 길도 모르고 지각하면 어쩌나 걱정되는 마음에 어머니는 외투에 목까지 파묻고 바쁘게 걸어가는 한 남성을 불러서 당신의 직장으로 가려면 어떻게 가야 하는지를 물으셨지요. 어머니의 억양과 문법이 엉망진창인 문장을 들은 그 남자는 뒤로 돌아서더니… 일장 훈계를 했다고 하네요. 그 나이 먹었으면 글 읽고 길 찾는 것 정도는 배웠어야 하는 거 아니냐고 말이지요. "그 사람이 뭐라고 했는지 다 이해하지는 못했지만 목소리 톤과 차가운 눈빛은 입 밖으로 쏟아내는 말보다 더 아팠단다"라고 그때의 일을 이야기하시면서 어머니는 길게 한숨을 내쉬셨지요. 그런 일이 있던 바로 그날 어머니는 앞으로 다시는 무슨 일이 있어도 아무한테도 도움을 청하지 않으리라, 그리고 어디를 가든 혼자 알아서 하는 법을 배우리라 맹세하셨답니다. 저는 어머니께 형들이나 제가 '아무나'는 아니라고 다정하게 말씀드렸어요. 어머니는 가슴에 손을 얹으시곤 살포시 미소만 지으셨지요. 어머니는 저희에게 정말 많은 걸 주셨지만 저희한테 절대로 부탁 같은 걸 하실 분이 아니랍니다.

어머니는 프랑스어를 여주인들이 휴지통에 버린 잡지를 보물이라도 되는 양 몰래 숨겨와서 거기에 적혀 있는 음절들의 의미나 연음법칙도 모르시면서 끊임없이 반복하는 식으로 대강 배우셨어요. 놀랍게도 어머니는 아버지가 살아생전 폐기장에서 책을 수십 권씩 구해다주셨을 때도 읽는 것에 별 관심을 보이지 않으셨지요. 아버지가 돌아가신 후 제가 보유할 수 있었던 신간 서적이라곤 어머니가 쓰레기통에서 건져온 잡지들뿐이었습니다.

곧바로 형들과 저는 서로 돌아가면서 어머니가 잡지 읽으시는 걸 조금 봐 드리기도 했답니다. 무엇보다 조상이 외국인임을 여실히 드러내는, 그 어디서도 들어보지 못한 어머니의 억양을 대놓고 놀려대기 위해서였지만요. 하지만 우리조차도 어머니의 말투만으로는 출신지를 정확히 알아맞힐 수 없었지요. 어머니께 읽는 법을 가르쳐드리고 싶은 우리의 마음은 도움을 드릴 만큼 진중하게 오래가지 못했고 결국 어머니의 프랑스어는 하등 발전이 없었습니다. 기껏 알려드린 거라고는 우리가 한창 먹어대던 사탕, 과자, 달달한 것들의 이름이나 부모님을 팔아서라도 사고 싶었던 축구선수 카드 세트

의 이름인 파니니처럼 엄청나게 우리의 관심을 끌었던
것들 몇 개가 전부였지요.

　우리가 어머니를 가장 창피해했던 건 글을 모른
다는 사실 때문이 아니었습니다. 일상생활에서는
어머니의 이런 사정이 드러날 일이 거의 없었거든
요. 문제는 전혀 개선의 여지가 없어 보이는 어머니
의 억양이었지요. 게다가 입에서 문장이 만들어져
나오는 순간 외국인에다 시골 출신이라는 사실이
어찌 손써볼 수 없을 정도로 고스란히 드러나버렸
거든요. 아버지와 어머니가 모로코 분이고, 자코라
출신이라는 건 우리 형제 모두가 알고 있었습니다.
어머니는 겨울이면 헛간에서 양들과 함께 잠을 자
던 누더기 차림의 여자아이를 향해 대놓고 코를 틀
어막으며 아랍어만 써대던 마을의 남자 어른들 앞
에서 베르베르어로 의사를 표현하는 게 창피했다
는 이야기를 수없이 하셨어요. 같이 놀던 친구들이
동네 바보라는 호칭을 붙여주고선 그 대가로 순진

하고 순해빠진 어머니의 호의를 얻어냈던 일도 떠
올리시곤 했습니다.

3

이주노동자로 일을 시작한 지 20년이 지난 1970
년대에 들어서야 어머니는 우리에게 텔레비전을 한
대 사주실 수 있었습니다. 어머니는 늘 보던 연속극
만 보셨는데, 마음에 꼭 드는 여배우들의 말투와 표
현을 그대로 따라 하시곤 했어요. 우리와 대화할 때
도 베르베르어, 프랑스어, 아랍어 그 어느 문법에도
없는 표현을 중간중간 아무 때나 섞어 써서 "당연하
지, 자기야"나 "전 괜찮으니까 먼저 하세요"라는 말
이 불쑥불쑥 튀어나와도 우리는 놀라지 않았는데,

그런 표현이 적재적소에 쓰일 때도 있었지만 상황에 맞지 않는 경우가 빈번했고 그때마다 우리는 깔깔대며 웃어댔답니다. 어머니는 잠시 기분 나쁜 척하시다가 배꼽이 빠지게 웃는 우리 모습에 흐뭇해하시면서 당신도 웃음을 터뜨리시곤 했지요.

어머니는 늘 예능 프로그램을 제일 좋아하셨어요. 저는 가끔 노래방 기계를 발명한 게 혹시 어머니가 아닐까 하는 생각이 든답니다. 실제로 우리가 가사를 대충 적어서 일주일 내내 연습시켜드린 노래를 토요일 저녁이면 당시 유명 가수들을 따라 부르시곤 했거든요. 그때야말로 어머니가 행복에 겨워 환하게 빛나는 것처럼 느껴지던 유일한 순간이었어요. 일상의 근심 걱정과 의무에서 멀찌감치 벗어나 마법의 시공간 속에 들어가 계셨어요. 그때만큼은 당신의 노래, 진심을 다한 그 여흥의 시간에 완전히 몰입해 계셨지요. 우리 형제 모두 그걸 알고 있었습니다. 그리고 행복이 영원할 것처럼 즐기고 계시는 어머니의 이 마법과도 같은 순간을 그 누구도 감히 깨려고 하지 않았지요. 동네 바보, 작고 서툰 이민자, 다섯 명의 아이를 혼자서 키우는 미망인의 심적 고통을 불러일으킨 모든 것이 어머니의 머릿속에서 잊히는, 마치 시간이 정지된 듯한 순간이었답니다.

노래에 온통 정신이 팔려 있던 몇 분 동안 어머니는 실라였고, 아다모였고, 조 다생이었고… 달리다였어요. 카이로의 여가수 달리다의 노래는 거의 다 알고 계셨지요…. 찬란한 과거와 첫사랑의 기억을 되찾을 수 있기를 바라며 늘 돌아가고 싶어 하는 고향에 대한 연가이자 망명생활을 그린 노래 〈헬와야 발라디〉를 부르시던 어머니의 얼굴은 영원히 잊지 못할 겁니다. 이 노래를 무척 좋아하셨지요. 지그시 눈을 감고 고개를 기울인 채 부드러운 멜로디의 리듬에 맞춰 천천히 몸을 흔드시는 모습은 고향의 모습, 색채, 향기를 찾아 마치 다른 곳에 계시는 것 같았어요. 노래에 흠뻑 빠지신 그 순간만큼은 우리 모두 말 한마디 없이 어머니도 잊고, 시간도 잊고, 우리 자신마저 잊어버리곤 했답니다. 어머니가 다시 눈을 뜨고 우리 곁으로 돌아오시기 전까지 말이죠.

토요일 저녁마다 벌어지는 우리 가족의 이 예능 소동은 사실 그 전주 일요일 아침부터 시작되었습니다. TV 프로그램 안내 책자 구매 담당은 누레딘 형의 몫이었답니다. 일리에스 형은 다음 주말에 어머니가 부를 곡들의 제목을 찾아놨지요. 슬리만 형은 학교 친구들을 찾아다니면서 당시 형들이 좋아하던 노래의 가사가 들어 있는 유명 가수들을 다룬 잡지를 얻어왔어요. 슬리만 형이 전용 공책에 가사를 베껴놓으면 우리는 그걸 신줏단지 모시듯 했지요. 어머니가 주기적으로 펼쳐서 몇 곡 흥얼거려보는 당신만의 신성불가침한 음악백과사전이었거든요. 어머니가 노래의 가사도, 제목도 읽을 줄 모르셨기 때문에 가수의 사진과 무슨 내용의 노래인지 알려주는 자료 사진을 붙여놓곤 했어요. 나머지는 어머니의 기억력과 해독 가능한 몇 안 되는 단어의 몫이었지요. 누레딘 형 앞에 초 열여덟 개가 꽂혀 있는 케이크 사진은 달리다의 〈그가 열여덟 살이 되었죠〉를 표현한 것이었습니다. 인형 사진은 프랑스 갈의 〈꿈꾸는 샹송 인형〉을 뜻하는 것이었고요. 전화기 사진을 보면 바로 당신 눈앞에 있는 가사가 클로드 프랑수아의 〈전화가 우네요〉라는 걸 아셨어요. 그러다가 한 번은 아다모가 부른 〈그대의 허리에 손을 얹고〉라는 노래 제목을 알려드릴 때 이거면 되겠다 싶은 그림을 그렸는데, 제 눈에는 그 그림이 눈곱만큼도 에로틱해 보이지 않았지만 제가 그런 걸 그릴 나이도 아니고 우리가 추구하는 가치에도 맞지 않는다는 걸 바로 감지하신 어머니로부터 따귀를 한 대 얻어맞은 일이 있었답니다. 그렇다고 해서 어머니가 그 노래를 마음껏 부르지 않으셨던 건 아니었어요.

파리드 형은 우리집 축음기에서 금세 늘어져버리던 싱글 레코드판을 몇 시간 빌려오는 임무를 맡았고, 누레딘 형과 일리에스 형 그리고 저는 어머니께 타이틀곡을 연습시켜드리면서 토요일 저녁 텔레비전 모니터 앞에서 부르실 노래의 내용을 설명해드렸습니다.

　어머니는 절대 아무 노래나 부르지 않으셨어요. 윤리적인 면에서 괜찮아 보이는 곡들과 예술적으로나 철학적으로 수준이 아주 높은 곡이라는 느낌이 드는 노래만 부르려고 애쓰셨지요. 그 지점에서 어머니의 취향과 다섯 아들의 취향이 합의점을 찾는 경우는 드물었지만 우리는 우리 집안 가수의 선택을 늘 존중했답니다. 제가 그 시대의 유행가 레퍼토리를 꿰고 있는 게 제 '낡아빠진' 교양을 조롱하는 친구들에게는 종종 놀림감이 되기는 하지만 그게 다 어머니 때문 또는 덕분이랍니다.

어머니가 얼마나 열린 마음을 가진 분인지를 알게 된 것도 노래를 통해서였지요. 우리가 파악하지 못한 문장의 속뜻을 본능적으로 알아채시는 일도 종종 있었어요. 예를 들어 1972년에 샤를 아즈나부르가 라디오에서 〈그들이 말하듯이〉라는 곡을 처음 불렀을 때 어머니가 뜬금없이 "알라신이 사람을 지금의 모습으로 만드셨지. 너희가 게이가 된다고 해도 난 변함없이 너희를 사랑할 거란다"라는 말씀을 하시더라고요. 당시 여섯 살밖에 되지 않았던 저는 그 말의 논조를 이해하지 못했습니다. 하지만 형들도 어머니의 말을 그런 의미로 듣고 있었던 건 아니라는 걸 잘 알 수 있었지요. 지금도 저는 삶에 접근하는 방식에서는 어머니가 형 네 명을 모두 모아놓은 것보다 더 현대적이었다고 생각합니다. 〈그들이 말하듯이〉라는 곡이 어떤 노래였는지는 잊어버렸지만 대신 어머니가 그 가수의 다른 노래 〈라 맘마〉를 부르실 때면 저는 잽싸게 탁자 밑으로 숨어들어가곤 했어요. 주체할 수 없이 뺨을 타고 흘러내

리는 눈물을 어머니한테 들키지 않기 위해서 말이
지요. 그 노래는 저에게 언제나 금기 사항이었어요.
때마다 어김없이 어머니가 우리 앞에서 공연을 펼
치셨으나 저의 신망을 조금도 얻어내지 못한 〈상상
병 환자〉의 장면들과는 확연히 다르게, 그 제목을
듣는 것만으로도 혼돈의 심연으로 빠져들었던 기
억이 아직도 생생하답니다. 우리에게 이런 비극적
인 상황이 벌어지는 것도, 노래의 가사에서처럼 식
구들이 이탈리아 남부에서 한달음에 넘어오는 일
도, 저희 친지들이 어차피 자고라를 떠나지 못하는
상황에 처하는 것도 보고 싶지 않았지요. 어머니의
힘겨운 숨소리가 들려오는 이 순간도, 어머니가 안
계신 삶에 대해 생각하는 게 당연히 불가피한 일임
에도 여전히 짐작조차 할 수 없고 속이 뒤틀리고 가
슴이 찢어지는 이 순간도, 지금도 마찬가지입니다.
정말이지 도저히 견딜 수가 없습니다.

　　어머니가 빼놓지 않고 보시던 예능 프로그램 중

에서 가장 좋아하시던 건 단연 사샤 디스텔이 자주 나오는 프로그램이었어요. 아버지가 돌아가신 후 사샤 디스텔의 사진을 집안 곳곳에 걸어두셨던 걸 보면 어머니가 속으로 많이 좋아하셨나 봅니다. 어머니에게 프랑스어를 가장 잘 가르쳐준 사람도 십중팔구 이 가수일 겁니다. 어머니는 이 가수가 나오는 프로그램은 하나도 놓치지 않고 보셨어요. 그가 불러 히트한 〈모든 비가 나에게로 떨어져〉라는 곡이 어머니 가슴에 와닿았던 것 같아요. 어머니가 세계 어느 무대에서든 그 노래를 부르셨을 거라는 생각마저 든답니다. 무대라고 해봤자 어머니한테는 주방과 주방 그리고 주방이 다겠지만요.

하루는 형들과 같이 어머니에게 깜짝선물을 해드린 적이 있었어요. 1977년 5월 27일이었지요. 어머니가 딱 쉰 살이 되신 날이었어요. 그날 브뤼셀 시내의 앙스파슈 대로에 있는 앙시엔 벨지크라는 전설의 콘서트장에서 사샤 디스텔의 공연이 펼쳐지는, 정말이지 꿈같은 기회가 찾아온 겁니다. 형들이 조금씩 돈을 모아서 어머니와 제 티켓을 샀어요. 맨 앞줄에 있는 좌석이었지요. 당시 저는 고작 열한 살이었습니다. 어머니가 콘서트장 앞에 도착해서야 그날 저녁 자신을 기다리고 있던 운명을 아셨으니 전혀 생각지도 못한 진짜 선물이었던 셈이지요.

그렇게 행복해하시는 어머니의 모습을 한 번도 본 적이 없었습니다. 행복에 겨워 얼굴에서 반짝반짝 빛이 났어요. 저로서는 그 이상의 표현을 찾을 수가 없네요. 그리고 그렇게 날아갈 듯한 모습의 어머니를 본 적이 없었습니다. 가수가 부르는 노래를 모로코 억양으로 목청껏 다 따라 부르셨지요. 흥분해서 떼창을 하던 수백 명의 여성 관객 때문에 분명 더 신이 나셨던 것 같아요.

사샤가 그 많은 사람 중에서 어머니의 목소리와 알아듣기 힘든 억양을 들었는지 노래를 부르면서

객석과 무대의 경계를 이루던 계단을 내려오던 꿈 같았던 그 순간이 떠오르네요. 그가 어머니의 손을 잡더니 무대로 모시고 올라가서는 즉석에서 둘 다 떨리는 목소리로 어머니의 애창곡 중 하나인 〈올드 레이디〉를 같이 불렀답니다. 콘서트장의 모든 사람은 가수의 너그러운 마음과 우리 어머니의 순박한 진지함에 감동받은 듯이 우리 형제들이 하던 것처럼 어머니의 억양을 비웃지도 않았고, 오히려 우레와 같은 박수를 보내주었지요. 평생 잊지 못할 갈채를 받았지만 어머니는 어느 누구에게도 그날의 일을 이야기하는 걸 절대로 용납하지 않으셨어요. 가슴 깊이 간직한 이 추억을 집 밖에서 자랑하듯이 떠벌린다는 게 어머니한테는 분명 신성모독처럼 느껴졌을 겁니다. 그에 반해 저는 형들에게, 모로코에 있는 모든 사촌에게, 학교 친구들에게, 모든 이웃에게 그 상황에 대해서 아낌없이 들려주었지요. 신드바드의 경이로운 모험처럼 매번 이야기할 때마다 조금씩 더 살을 붙이면서 말이지요. 하지만 어머니의 추억을 오염시키지 않기 위해서 어머니가 계신 자리에서는 이야기를 최대한 자제했답니다.

 사람들이 그 놀라운 순간에 대해 이야기 좀 해보라고 하면 어머니는 별것도 아니었다는 듯이 말씀하시곤 했어요. 그리고 제가 〈르 수아르〉 신문에 실린 "…매력적인 오리엔탈 억양이 느껴지는 한 브뤼셀 시민이 가수와 함께 무대에 오른 미칠 듯이 감동적인 그 순간, 즉석에서 이루어진 이 듀엣에게 완전히 마음을 빼앗겨버린 관중들은 환호성을 질렀다"라는 내용의 콘서트 관련 기사를 과장된 몸짓으로 흔들어대며 이야기해도 말리지 않으셨지요. 지금도 어머니가 기운이 없다고 느낄 때마다 〈올드 레이디〉의 첫 소절을 콧노래로 불러드리면 어머니의 얼굴이 환해지죠. 어머니가 부르실 차례가 되면 웃음과 눈물로 뒤범벅된 우리는 어머니가 아직까지 힘겹게나마 중얼거리시는 가사를 타고 이미 지나가버렸지만 당신 가슴속에 고이 새겨진 즐거운 추억들과 떼려야 뗄 수 없는 그 시절로 돌아간답니다.

제 생각에는 어머니가 당신의 억양이 이상하다는 걸 전혀 의식하지 못하신데다 당신이 말씀을 하시거나 노래를 하실 때 우리가 왜 그렇게 웃어댔는지 제대로 이해하신 적이 없었던 것 같습니다. 만약 아셨다면 수줍음 많은 어머니 성격에 평생 입도 뻥긋하려 하지 않으셨을 거예요.

4

어머니는 늘 소심하신 편이었어요. 친척들 모임에서는 남들이 하는 말을 건성으로 들으셨지요. 실은 다 듣고 계시면서도 귀에 들어오는 모든 이야기를 지혜롭게 걸러내신 거지요. 그러니까 그런 모임에서 오갈 수 있는 품위 없는 이야기들을 조금은 간직하되 자만과 비굴함은 모두 버리고 지혜롭게 속아내신 겁니다. 몇몇 형과 모든 여자 사촌은 타고나기를 질투심도 많고 과장도 심하고 화도 잘 냈는데, 어머니는 우리 싸움에 끼어들지 않으셨어요. 어머니께 증인이 되어달라고 해도 그 이상은 선뜻 나서지 않으셨지요. 하지만 이웃의 누군가가 불의나 고통을 당하는 일이 생기면 망설이지 않고 끼어드시곤 했답니다. 다른 이들의 불행을 즐기기 위해서가 아니라 진심을 다해 도움을 주기 위해서 말이지요.

그렇게 네우벤 씨 가족이 우리 삶에 들어오게 되었을 때 형들은 모두 이미 집을 떠난 상태였어요. 사건의 발단은 불과 마흔다섯 살이었던 네우벤 아주머니가 술을 엄청 마시곤 우리집 계단에 밤새 구토를 한 다음 날 아침에 시작되었습니다. 당신의 예쁜 화분들이 엉망이 된 것을 본 어머니는 인상을 쓰셨지만 이내 누군지도 모르는 그 여자분한테 우리집에 하나밖에 없던 소파에 앉으라고 권하며 포근한 안식처를 내주셨지요. 그때부터 모든 게 일사천리로 진행되더군요. 네우벤 아주머니가 근심과 걱정과 불운을 쏟아내면 어머니는 아주머니의 비극적 인생의 새로운 에피소드를 들을 때마다 안됐다는 표정으로 고개를 끄덕이셨지요. 아주머니는 페티라Petirat에서 태어나 빈민구제사업의 도움을 받았던 아이였고, 열두 살에 강간을 당하고, 열다섯 살에 임신하여 낳은 아이가 3년 후 끔찍한 상황에서 세상을 떠나고, 그 후 20년 동안 계속 술에 빠져 지냈답니다. 그러던 와중에 다행히 뒤늦게나마 네우벤 아저씨를 만나 낳은 제 또래의 아이 두 명을 부부는 자랑스러워했는데, 이 남녀 쌍둥이들은 학교에서는 똑똑한 편이었지만 그들의 우울한 표정과 창백한 얼굴빛은 제 눈에는 늘 이상해 보였어요. 그로부터 두 달이 채 되기도 전에 알코올중독성 장기 혼수상태에서 회복될 가망이 없었던 네우벤 아주머니는 공기가 더 좋은 말기 간경변증 환자들을 위한 특수 병원으로 들어가서 더이상 모습을 볼 수 없었습니다.

엄마 없는 두 아이가 한없이 가엾기도 하고, 열두 살짜리 쌍둥이를 기르느라 힘겹게 일하는 이웃사촌

이 마음에 걸렸는지 어쨌는지 저는 알 수 없지만, 어머니가 그 아이들을 집으로 들이기로 결정하신 바람에 우리집은 순식간에 위탁가정이 되어버렸지요.

　제 일상에 난데없이 침입한 이 아이들을 솔직히 제대로 받아들이지 못했다는 말은 굳이 할 필요가 없을 겁니다. 게다가 그 아이들은 제 신경을 건드릴 만한 모든 것을 갖추고 있었어요. 예의도 바르고, 착하고, 솔직하고, 똑똑하고, 어느 정도 교양도 있고, 일도 잘 도왔던 그 아이들은 어머니의 마음을 사로잡을 만했답니다. 어머니가 저 하나 잘되라고 밖에서나 집에서나 뼈 빠지게 일하시는 것에는 아랑곳하지 않고 책 속에만 파묻혀 있던 저와 같은 또래였는데 말이죠. 제 눈에는 이 경쟁자들과 장난감이나 생활공간, 그리고 어머니를 같이 나눠야 한다는 의무감만 보였지요. 그리고 자신을 낳아준 분께 배은망덕할 정도는 아니었지만 남자아이가 보일법한 아주 나쁜 예를 보여드렸답니다. 그런데 이 점에서는 제가 그리 나쁜 것만은 아니었다는 걸 어머니가 이웃집 아주머니에게 하시는 말씀을 듣고 알게 되었어요.

"모든 건 말이죠, 브롱델 부인. 다 아이들 덕분이에요. 아이들이 부모에게 갚아야 할 건 아무것도 없다고요. 아이들이 태어나게 해달란 것도 아니잖아요."

"아이는 뱃속에서 열 달, 품 안에서 삼 년, 그리고 평생 짊어져야 할 짐인 거예요."

"부모에게 감사하는 건 누구에게나 해당되는 이야기지만, 내가 부모가 됐을 때 아이를 위해 할 수 있는 최선은 아이가 절대로 부모한테 뭔가 빚지고 있다는 생각을 하지 않게 만드는 거예요. 아이들은 자유로워야 해요."

그때를 돌이켜보면 어떻게 어머니가 그런 생각을 하실 수 있었을까 싶어요. 어머니는 친부모님이

나 시부모님을 부양하기 위해 수중에 가지고 있는 걸 죄다 드렸을 겁니다. 하지만 다들 제가 태어나기도 전에 돌아가셨지요. 실제로 어머니는 늘 우리에게 그런 자유를 부여해주셨어요…. 어떻게 이런 현대적인 사고를 하시게 됐는지 모르겠어요. 어쨌든 다시 네우벤 가족 이야기로 돌아가면 그들의 삶은 그리 녹록하지 않았다고 할 수 있습니다. 네우벤 아저씨는 용감한 분이셨어요. 산업재해로 인해 심각한 장애가 생겼지만 보조금은 한 푼도 받지 못하셨지요. 수입이 변변찮았던 아저씨는 무슨 일이든 싫은 내색 하나 없이 하셨어요. 우리집에 와서 이것저것 고쳐주신 적도 여러 번 있었지요. 많이 힘들어 보였지만 늘 미소를 잃지 않으셨고 즐거워 보이시기까지 했어요. 과묵한 편이셨고 언제나 호의적인 분이라는 걸 느낄 수 있었습니다.

하지만 사회복지부에서 아저씨를 어찌나 못살게 굴던지! 물론 아저씨의 아이들 때문이었지요. 아이들을 데려가겠다고 계속 협박을 했거든요. 아저씨는 자식을 무척이나 사랑하는 분이셨어요. 그건 아이들도 마찬가지였고요. 아저씨는 돈이 될 만한 이런저런 일거리를 찾아 전전했습니다. 실업자가 되지 않기 위해 미친 듯이 이리저리 뛰어다니셨지요. 조금이라도 시간이 날 때면 아내를 만나러 가셨고요. 아주머니는 6개월도 버티지 못하고 알코올중독 치료 병원에서 숨을 거두고 말았습니다. 사회복지부는 한술 더 뜨기 시작했어요. "일이 없으면 더 이상 아이들을 기를 수 없다"며 아저씨를 더 압박한 거지요. 어머니는 당신이 할 수 있는 한에서 아저씨를 도우셨습니다. 서류 작성은 제가 맡았고요. 아이들은 우리집에서 잘 지냈고 아저씨도 매일 오셔서 아이들을 만났지요. 아이들은 거의 항상 잠은 집에 가서 아저씨랑 같이 잤습니다.

그러던 어느 날 아침 아저씨에게 해고통지서가 날아왔어요. 몇 달 후에는 사회권이 해지된다는 통

보를 받았고요. 아이들을 다른 가정으로 데려가기 위해 사람들이 찾아왔던 날 아침에는 울부짖는 소리만 들렸지요. 그 후 아저씨는 스스로 목을 매고 말았습니다. 어머니의 눈물을 닦아드리는데 마르셀 파욜의 글귀 하나가 떠오르더군요. "인간의 삶이란 게 그런 겁니다. 얼마 안 되는 기쁨이 잊지 못할 고통으로 삽시간에 지워져버리고 말죠. 아이들한테 이런 이야기를 해줄 필요는 없어요."

나중에 네우벤이라는 이름은 제 가슴과 머릿속에 계급의 폭력이 보여줄 수 있는 모든 것으로 고스란히 새겨지게 됩니다. 없는 이들에 대한 권력의 잔혹성으로, 우리가 사회라고 이야기하는 시스템 안에서 무지막지하게 표출되는 잔혹성으로, 촛불을 불어 끄듯이 삶을 짓이겨버리는 잔혹성으로, 다른 이들이 정의라 부르는 것을 좋은 마음에서 행했다는 투철한 의식이 동반된 잔혹성으로, 또는 쓸데없이 에너지와 시간과 돈을 낭비했다는 씁쓸한 기분이 동반되는 잔혹성으로 말입니다.

　어머니의 인생에서 가장 극적인 순간이 펼쳐지는 무대 중 하나가 학교였는데, 어머니는 다섯 명의 아들이 다들 공부를 잘하고 있다며 의기양양해하셨어요. 적어도 당신은 그렇게 믿고 계셨지요. 이따금 선생님이 갑자기 학교로 부르실 때면 걱정이 앞섰던 어머니는 선생님한테 꼭 해야 할 말을 우리에게 알려달라고 하시고는 학교 가기 전날 밤새도록 연습하셨어요. 다음 날 당신이 이야기할 차례라는 생각이 들면 앞뒤 문맥은 따지지도 않고 "맞는 말씀이에요, 선생님. 저만 믿으세요"라고 무지막지한 억양으로 말씀하실 때마다 우리는 창피해서 시뻘게진 얼굴을 밑으로 떨구곤 했습니다. 우리가 그저 외국인일 뿐이라는 창피함이었는데, 당시에는 우리가 얼마나 풍요로운 문화를 소유하고 있는지 전혀 모른 채 어머니가 교실에 발을 들이시기도 전에 우리 얼굴에 먹칠을 한다고 생각했던 겁니다. 어머니의 말, 어머니의 등장은 당신의 의지와 상관없이 외국인이라는 우리의 출신, 우리의 언어, 당시 우리는 아는 게 거의 없었지만 어머니가 구현하던 우리의 또 다른 문화를 여실히 일깨워줬거든요. 어머니가 공경해 마지않는 선생님들 앞에서 당신의 말투나 모습만으로 단숨에 명예가 실추되는데, 어떻게 우리가 잘 '동화'될 수 있다는 건지 저는 이해할 수 없었습니다. 그때 어머니가 선생님들 앞에서 말씀하시는 걸 들으면서 창피해했다는 걸 지금은 부끄럽게 생각하고 있지요. 학교교육에서는 통합만큼이나 배척도 이루어지고 있는데 그 최초의 피해자는 외국인 부모님들입니다. 사회규범 하나 제대로 알지 못하는 세상에서 자식들을 사랑하는 마음 하나로 그런 순간마다 우리를 지지해주고 잘해보려고 애쓰셨던 어머니의 용기에 우리가 감사한 마음이 든 것은 긴 시간이 흐른 뒤였습니다.

한 달에 한 번씩, 나중에는 석 달에 한 번씩 의례

적으로 하던 성적표 검사도 기억납니다. 거실 소파에 여왕처럼 앉아 계시는 어머니 앞에 우리 오 형제가 한 줄로 나란히 서 있었어요. 어머니는 심각한 표정으로 성적표를 하나씩 열심히 들여다보셨지요. 어머니는 내용을 제대로 이해할 수 없었음에도 점수, 과목, 평가 난을 보고 한결같이 고개를 한 번 끄덕이시고는 마음씨 좋은 옆집 아주머니에게서 배운 대로 "썩 나쁘지는 않지만 다음에는 좀더 잘해야 한다, 아들아"라고 말씀하셨어요.

그렇게 저는 우등생이 되었답니다. 점수가 어떻게 나오든 간에 격려해주신다는 걸 알고는 처음에는 부끄러운 줄도 모르고 어머니의 무능을 악용하여 공부를 등한시했고, 그로 인해 당연히 형편없어진 성적은 보여드리지도 않았지요. 하지만 시간이 지날수록 저에 대한 어머니의 관용이 부담스러워지더군요. 잘못했다는 생각을 떨쳐버릴 수 없었던 저는 다시는 어머니를 속이지 않겠다고, 늘 '썩 나쁘지는 않은' 성적을 거두겠다고, '다음에는 더 잘하겠다'고 스스로 다짐했어요. 재능이 조금 있었던지 공부에 빠르게 재미를 붙였고 훌륭한 성적으로 학업을 마칠 수 있었지요. 생각해보면 저를 좀더 나은 사람이 되게 만든 건 어머니가 보여주신 순진무구한 신뢰와 그에 부응하려는 제 마음이었을 겁니다. 그런 진실됨과 순진무구함 앞에서는 거짓말을 할 수도, 속임수를 펼칠 수도 없는 법이잖아요. 어머니는 이 사실을 저에게 몸소 가르쳐주셨던 겁니다.

5

어머니는 모르고 계시는 이 글을 한창 쓰고 있는
데 어머니가 당신이 쓰는 변기를 찾으시네요. 저는
《나귀 가죽》을 집어 들지 않습니다. 지금은 발자크
의 소설을 읽어드릴 때가 아니거든요.

"또 널 귀찮게 하는구나" 하며 어머니가 제 뺨을
어루만지시네요.
"아니에요, 어머니…."

좀더 편하게 호흡하시라고 꽂아놓은 튜브 때문에 어머니의 코에서 피가 납니다. 거의 누워 계시느라 통증이 가실 새가 없는 어머니의 몸은 검붉은 멍투성이입니다. 붕대, 습포, 밴드를 붙이지 않은 곳을 찾아보기 힘들 정도입니다. 제가 어머니한테 '나의 미라'라고 부를 때면 어머니는 미소를 지어 보이신답니다.

　어머니는 하루의 대부분 동안 잠들어 계시지요. 가끔은 텔레비전을 좀 보려고 하실 때도 있어요. 마음만큼 손이 움직이지는 않지만 뜨개질을 해보기도 하시고요. 하지만 금세 싫증을 내시는 게 보이지요. 이때야말로 발자크의 작품이 제 역할을 할 때입니다.

　푸른 캐시미어 드레스를 입은 백작부인이 두 발을 쿠션에 올린 상태로 긴 의자에 누워 있었다네. 화가들이 초기 히브리인들을 묘사할 때 그려 넣었던 모자인 동양의 베레모가 백작부인의 매혹적인 모습에 뭔지 모를 야릇한 이국적인 매력을 더해주었지. 그녀의 모습에는 순식간에 달라지는 매력이 깃들어 있었는데 우리가 매 순간 새롭고 유일한 존재이며, 미래의 우리와 과거의 우리 사이에는 전혀 유사점이 없다는 걸 입증이라도 하는 듯했다네. 그렇게 눈부신 백작부인의 모습은 한 번도 본 적이 없었지.

"제 호기심을 자극했다는 걸 아시나요?"라고 그녀가 웃으면서 말하더군.

"그 호기심을 저버리지 않겠습니다."

나는 그녀 곁에 앉아 나에게 내민 그녀의 손을 잡으며 침착하게 대꾸했지.

"목소리가 참 아름다우시더군요!"

"제가 노래하는 걸 한 번도 들어본 적이 없으시잖아요"라고 그녀는 흠칫 놀란 기색을 내비치며 소리쳤지.

"때가 되면 그렇지 않다는 걸 증명해 보여드리죠. 그럼 당신의 감미로운 노래는 여전히 의혹인 셈이겠죠? 안심하세요, 그 의혹을 폭로하고 싶지는 않거든요."

"'파헤치고 싶지는….'"
"아, 맞다! 죄송해요, 어머니. '안심하세요, 그 의혹을 파헤치고 싶지는 않거든요.'"

책 내용을 전부 암기하고 계신가 봅니다. 책에 나온 어휘, 문법, 문체, 테마에 관해서는 수없이 설명해 드려도 이해조차 못 하시는 분인데, 제가 잘못 읽는 부분에 대해서는 거의 놓치시는 법이 없거든요.

《나귀 가죽》… 이 작품은 어머니와 제가 지금까지도 의견을 나누고 있는 거의 유일한 주제랍니다. 다른 책에도 관심을 좀 가지시게 유도해봤지만 포기한 지 오래입니다. 시사 문제도 시도해봤는데 어머니는 뭐 하나 제대로 이해하질 못 하셨지요. 우리는 종종 고향에 남아 있는 사미아 이모나 사촌 야세에 대해 이야기를 나눕니다. 혼자 사셨을 때 어머니를 돌봐주셨던 마지막 이웃인 트레잘레 아주머니 이야기도 가끔 하고요. 아니면 살아오면서 사귀신 몇 안 되는 친구분들 이야기를 하지요. 마치 친구를 갖는다는 게 다섯 아들에 대한 배신이라도 되는 양 어머니는 그분들 이야기는 거의 잘 안 하세요. 저희는 그저 어머니의 모든 관심과 사랑을 요구하던 부산스러운 남자아이들이었을 뿐인데 말이지요. 아주 우연한 기회에 저는 어머니와 우정을 나눴던 분들에 대해 좀 알게 되었답니다.

어느 날 마틸드라는 분이 집으로 전화를 하신 적이 있었어요. 제가 어머니를 씻겨드리고 있던 터라 전화를 받지 못했더니 그분이 메시지를 남기셨더군요. 어머니가 주기적으로 입원하셨을 때 돌봐주시던 간호사분이었어요. 알고 지내던 이웃을 통해 어머니 번호를 알게 되었다며 어머니를 뵈러 오겠다는 메시지였지요. 그럴 수 있으면 정말 좋겠다면

서요. 그 메시지를 들은 어머니는 뭔가 즐거운 추억이 생각나기라도 한 듯 표정이 밝아지셨어요. 그분한테 전화해서 오시게 하라고 하셨지요. 그렇게 저는 마틸드라는 분을 알게 되었습니다. 그분은 집에 오셔서 어머니 곁에서 몇 시간 동안 계셨어요. 두 분이 조용히 웃으시는 소리가 들리더군요. 저는 거실에 있었는데, 제가 가장 사랑하는 사람이 친구와 수다를 떨면서 질병에 대해서가 아닌 다른 이야기를 나누는 즐거움을 빼앗고 싶지 않았습니다. 그리고 그 친구분과 대화하시면서 어머니가 얼마나 다양한 이야깃거리를 펼치시는지 깜짝 놀랐답니다. 여전히 어설픈 단어와 애매한 구문에다 그 누구도 흉내낼 수 없는 억양으로 점철된 대화였지만 상대방이 이해하는 데는 조금도 문제될 게 없었지요.

어머니가 잠이 드시자 마틸드 여사는 저와 찻잔을 사이에 두고 자리를 함께했어요. 그렇게 그분과 대화를 나누면서 제가 지금까지 몰랐던 어머니의 면모를 알게 되었지요. 입원해 계셨을 때 이분이 이혼 절차를 밟고 있다는 걸 어머니가 아시게 되었답니다. 마틸드 여사는 자신과 아이들을 위험에 처하게 만드는 폭력적인 남편을 떠나기로 결심했지만 한 치 앞도 내다볼 수 없는 앞날에 대해 잔뜩 겁에 질려 있었지요. 그런데 어머니가 마틸드 여사를 응원해주셨답니다. 입도 제대로 못 떼는 것은 물론이요, 행정기관에 가면 더 그랬던 어머니가 보호시설, 공영주택 담당처까지 같이 가주셨던 겁니다. 그분을 도와주기 위해 필요한 곳은 어디든 함께 다니셨고 필요한 절차를 밟아주시기까지 했답니다. 낮에 그분하고 같이 있어주려고 휴가를 내시기도 했고요. 마틸드 여사가 약해지는 걸 원치 않으셨던 거지요. 그리고 마침내 이분이 거처를 마련했을 때 어머니는 그분의 아이들을 위해 당신이 직접 만든 음식이나 사탕을 가지고 주기적으로 찾아가셨답니다.

그런 일이 있었다는 걸 저는 까맣게 모르고 있었

습니다. 어머니가 가족의 테두리 밖에서 하실 수 있
었던 일에 대해서는 모르고 있었어요. 하지만 그 사
실을 알았을 때 어머니가 아무도 모르게 다른 사람
을 도와주셨다는 것에 대해 놀라지 않았지요. 마틸
드 여사와 제가 나눈 대화를 어머니께서 분명 들으
셨을 테지만 저는 그냥 어머니에게 아무것도 묻지
않았습니다. 단지 오랫동안 꼭 안아드렸지요. 그 후
로 마틸드 여사는 간간이 어머니를 뵈러 저희 집에
들르셨답니다. 어머니가 가장 좋아하시는 과자 밀
푀유를 가지고 말이지요.

그리고 저로서는 부끄러운 마음이 한층 더 짙어
졌답니다. 제가 어머니를 돌봐드리고 있다는 것에
는 의문의 여지가 없습니다. 이 점에 대해 사람들은
종종 저를 치켜세우지요. 하지만 정말로 어머니를
생각하고 있는 걸까요? 의무감을 다해 일체의 부족
함이 없도록 어머니께 신경을 쓰고는 있지요. 저는
진심으로 어머니를 사랑합니다. 하지만 형들과 어

머니 사이에 그리고 저와 어머니 사이에서 느껴지는 학교교육이 심어놓은 문화적 단절은 절대로 극복할 수 없는 것 같아요. 계급을 이탈한 사람은 두 개의 의자 사이에 엉덩이를 걸치고 있는 것처럼 늘 아슬아슬하거든요. 물리적인 자세 때문에 괴로운 것이 아니라 자신의 가족을 배신한 사람이라는 지울 수 없는 기분이 들게 하는 무언의 고통 때문에 괴로운 겁니다. 자신에게 가장 소중한 사람들을 배신했다는 기분. 그리고 그런 소중한 사람들을 업신여기도록 무의식적으로 그리고 꾸준히 교육받았다는 사실 때문에 말이지요.

그렇다고 어머니의 대단함을 인정할 기회가 없었던 것은 아닙니다. 어머니가 얼마나 많은 것을 가지고 계신 분인지 좀더 일찍 알아챘어야 했는데 말이지요. 우리가 어릴 때는 엄마를 좋아합니다. 그리고 자식을 먹이고 입히고 재우고 달래기 위해 돈벌이를 하느라 건강이 쇠해가는 엄마의 모습을 보게 되지만 그렇게 가슴이 먹먹해지지는 않지요. 청소를 하거나 설거지를 하는 걸 부당하게 여겨서가 아니에요. 단지 그런 생각 자체를 아예 하지 못하는 겁니다. 무릇 어머니란 자식을 위해 희생하기 위해 태어난 것처럼 말이지요. 쇠꼬챙이처럼 말라비틀어지는 것을 무릅쓰고라도 말입니다.

6

　어머니가 어떤 생각을 하는지, 무엇을 좋아하는
지, 꿈은 무엇인지 생각해볼 때… 어머니에게도 욕
구라는 게 있다는 상상을 해보자는 말은 하지 말자
고요…. 그건 절대 금기 사항이니까 말이지요. 어머
니가 아버지와 아이를 만드는 것에 손톱만큼이라
도 즐거움을 느낀다, 그건 상상도 할 수 없는 일입
니다. 원래의 말뜻 그대로 그렇다는 겁니다. 뇌에서
그런 생각 자체가 용납되지 않는 것이지요. 그런 그
림이 그려지지를 않는 겁니다. 그러니 말은 해서 뭐

하겠어요. 흥분, 헐떡이는 숨소리, 땀, 분비물, 쾌락. 상상도 할 수 없는 일입니다. 정말이지 상상이 안 되는 일이란 말이에요. 그렇지만 그분, 제 어머니도 분명 여자였을 겁니다. 어머니이기만 한 게 아니라. 부부가 져야 하는 책임의 수동적 희생양인 아내였던 것만도 아니란 말이지요. 한 명의 여자였을 겁니다.

어머니는 지금도 미셸 사르두의 〈아름다운 눈빛의 소녀〉를 흥얼거리실 때가 있지요. 금기로 인해 제 눈과 마음과 귀가 닫히지만 않았다면 틀림없이 저도 그 노래의 가사를 즐겨 부를 수 있었을 거예요. 정말이지 상상이 안 되는 일이라며 커튼까지 쳐 가면서 완전히 차단하지만 않았어도 말이에요. "희끗희끗하지 않은 어머니의 머리는 / 상상이 되질 않았어요 / 어머니가 아이를 만들던 때가 있었다는 걸 / 절대로 믿지 않았을 거예요"

사실, 어머니, 이런 암묵적인 내용이야말로《나귀 가죽》에 대한 어머니의 애착을 제대로 설명해줄 수 있지 않나 싶어요. 발자크는 어중간하게 하는 법이 없잖아요. 전 어머니가 조금이나마 문학을 좋아하시도록 만든 게 늘 내심 뿌듯했거든요…. 그 주된 테마가 비록 오래도록 삶을 영위하는 것과… 욕망 사이의 충돌이긴 하지만 말이에요. 그런 걸 다 알면서도 '쉽게 가지 않으면 이해 못 하시겠지'라는 태도로 어머니랑 이야기를 나눈 탓에 어쩌면 어머니가 이 책에 대해 보이는 관심의 근본적인 이유를 제대로 이해하지 못했던 건 정작 저였는지도 모르겠네요.《천일야화》같은 동양의 이야기 정도로 이해하실 거라고 생각했거든요. 아 잠깐, 잠깐만요…. 우리가 나눴던 이야기들이 몇 가지 떠오르네요…. 맞아요, 12년 전이었어요. 그때 어머니 연세가 벌써 여든하나였으니, 제가 어떻게 어머니한테 딴생각이 있으리라는 짐작을 할 수 있었겠어요?

난잡한 장면을 읽을 때면 저는 한참 동안 얼굴을 붉혔죠. 건너뛰고 읽기도 했는데 그럴 때면 어머니가 꼭 뭐라고 한 말씀하셨거든요. 그런 장면을 읽을 때 화를 내지 않으시기에 저는 내용을 제대로 이해하지 못하고 계시거나 다른 상황으로 이해하고 계신 것이라고 단순히 그렇게 확신해버렸던 거예요. 얼마나 어리석었는지! 어머니한테 카세트테이프로 들려드리기 전에 그 작품을 꼼꼼히 다시 읽어봤어야 했는데 말이죠. 파멸적 욕구, 그건 어머니한테 전달될 수 없는 것이었거든요. 어떤 종류의 욕구든 그 욕구를 실현하는 자의 삶을 다룬 이《나귀 가죽》은… 어머니가 이해하실 수 있는 범위를 넘어서는 것이라고 저는 생각했어요. 인간이 스스로를 망치고 고갈되게 만들고 죽음에 이르게 하는 두 가지 길, 즉 원함과 행함에 빠지는 잘못을 저지른다는 설명을 하면서 어머니 앞에서 현학적이고 근엄한 분석을 해댔죠. 중심을 잃지 않는 사람은 이 두 가지 장애물 사이에서 지식에 기반을 둔 지혜를 따른다는 사실을 부각하면서 말이에요. 발자크는 "사유란 모든 보물의 열쇠다"라고 썼죠. 골동품점 주인인 노인의 입을 통해 이렇게 말하기도 했고요. "광기란 원함이나 행함의 지나침이 아니면 무엇이란 말인가?"

어머니를 내려다보면서 저로서는 상상조차 할수 없는 가장 그렇고 그런 구절들을 어머니가 이해하고, 자신과 동일시하고, 도움닫기를 할 수 있다고한순간도 생각지 못했던 저야말로 이 두 가지 광기의 지나침을 몸소 보여준 건지도 모르죠. 라파엘이오르가슴을 느끼면서 작은 죽음(프랑스어에서 이 표현은 오르가슴을 비유적으로 뜻한다―옮긴이)이 커다란 죽음과 하나가 되며 죽는 게 맞아요. 하지만 그건 어머니한테 큰 의미로 전달되지 못했죠. 어머니한테는 말이에요. 어머니요… 나의 어머니….

한심하기 짝이 없는 천치같은 머저리의 어머니,

맞아요! 그날 저보고 제대로 안 읽는다며 다시 읽으라고 하셨던 부분들을 지금 읽어드릴 테니까 기다려보세요. 12년 전에 말이에요…. 찾고 있어요, 찾고 있다고요…. 아, 여기네요!

그러자 쏟아져 나온 빛에 눈조차 제대로 뜰 수 없었던 라파엘은 믿기지 않는 광경에 경악을 금치 못했다. 촛불로 눈이 부신 샹들리에며, 온실에서 가져와 아름답게 꽂아놓은 어디서도 보지 못한 진귀한 꽃들이며, 금, 은, 자개, 도자기 그릇들로 반짝이는 식탁이 놓여 있었고, 궁정 미식가들을 자극할 만큼 먹음직스러운 요리로 가득한 진수성찬에서는 김이 모락모락 피어오르고 있었다. 그 자리에 불려온 자신의 친구들이 여인들과 어우러져 있었는데, 한껏 치장한 매혹적인 여인들은 목과 어깨를 드러내고 머리에는 잔뜩 꽃 장식을 한 채 눈을 반짝이며 관능적인 치장으로 저마다 각기 다른 교태 가득한 아름다움을 발산하고 있었다. 한 여인은 아일랜드 재킷으로 눈길을 끌 만한 자신의 몸매를 드러냈고, 다른 여인은 안달루시아 여인들이 입는 선정적인 느낌이 물씬 풍기는 치마를 입었는데, 이 치마를 입은 여인은 사냥의 여신 디아나처럼 반라의 상태였고, 아일랜드 재킷을 입은 여인은 마드무아젤 라 발리에르 차림을 한 정숙하면서도 사랑스러운 모습이었는데, 이 둘 모두 고혹적이기 그지없었다. 모든 초대받은 손님들의 눈이 기쁨, 사랑, 환희로 반짝였다. 열린 문 안으로 라파엘이 주검 같은 몰골로 나타난 순간, 즉흥적으로 열린 이 파티의 불빛처럼 별안간 격렬한 박수소리가 울려 퍼졌다. 사람들의 목소리, 여기저기서 풍기는 향수 냄새, 쏟아지는 빛, 뇌쇄적인 이 여인들이 그의 모든 감각을 깨우고 식욕을 되살렸다. 옆 응접실에서 비어져 나오는 감미로운 음악소리가 급류처럼 쏟아지는 화음으로 황홀한 소란스러움을 에워싸며 이 기이한 광경을 완벽하게 장식했다. 라파엘은 자기 손에 올려진 섬세한 손을 느꼈는데, 그를 안으려고 살결이 하얀 싱그러운 두 팔을 들어 올리고 있는 여인의 손, 바로 아퀼리나의 손이었다.

여기가 아닌데…. 타락한 여인이 라파엘에 의해, 그러니까 작가인 발자크에 의해 천벌을 받았다는 그럴듯한 교훈을 저의 어머니에게 설명해드리기도 했답니다. 아마도 이런 부분의 내용을 읽어드림으로써 제가, 어머니의 아들인 제가 방탕하지도 않고 정신이 제대로 박힌 사람이라는 사실을 각인시켜 드리려던 것이겠죠.

이 부분이었던 것 같은데, 잘 모르겠네요….

야생의 활기로 한껏 고무되어 정신없이 추어대는 춤이 불꽃놀이의 폭음처럼 터지는 웃음소리와 함성소리를 부추겼다. 이미 고꾸라진 사람들과 곧 쓰러질 지경인 사람들로 뒤덮여 있는 규방과 작은 살롱은 전쟁터를 보는 듯했다. 포도주와 쾌락과 오가는 말들로 분위기는 뜨거웠다. 취기, 애정, 열광, 세상의 망각이 모든 이의 가슴을 장악했고 모든 이의 얼굴에서 읽혔으며 양탄자 위에 새겨져 난장판으로 펼쳐지는가 하면, 모든 이의 눈앞에 얇은 베일을 던져 허공에 황홀한 연무가 피어오르는 것처럼 보이게 했다. 마치 눈부시게 환한 천에 쏟아지는 한 줄기의 햇빛 사이로 반짝이며 부유하는 한 점의 먼지 그 너머에 가장 변화무쌍한 형체들이 제멋대로 펼쳐져 있었고, 가장 기괴한 몸싸움이 벌어지고 있었다. 여기저기에 서로 엉켜 있는 군상들은 홀을 장식하고 있는 고급스러운 걸작품인 하얀 대리석 조각상들과 구분하기 어려울 정도였다.

어머니, 어머니는 늘 이 대목이 아주 시적이라고 하셨잖아요. 저는 하얀 대리석을 언급한 것 때문에 감동하셨던 게 아닐까 생각했어요. 전 제가 순진했다고는 생각하지 않을뿐더러 아직까지도 이 내용의 선정적인 부분이 어머니한테 그 어떤 파동도 일으키지 못했다고 믿고 있어요. 특히 욕망 따위를 부추기지 못했다고 말이에요. 저의 어머니는 정숙하고 신중하고 순수한 분이거든요. 고결한 분이지요. 발자크가 《나귀 가죽》에서 라파엘을 갉아먹은 욕망과 대립시키는 지속되는 적막한 삶을 제대로 따르고 계신 분이고요. 어머니의 연세가 이를 명백히 입증하고 있는 셈이잖아요. 더이상 가타부타 할 게 없는 사항이지요. 이 문제에 대해서는 더 언급하지 않겠습니다. 다음으로 넘어가시죠. 그 점에 대해서는 따질 게 없으니까요.

왜냐하면 그게 아니더라도 어머니에 관한 추억은 차고도 넘치거든요. 건강한 추억, 감동적인 추억, 아주 깨끗한 추억들 말입니다. 서민들, 이민자들, 세상에 버림받은 사람들의 어려움을 보여주는 그런 것들 말이지요. 자, 예를 들면 이런 거 말입니다. 많은 에피소드 중 하나지요. 어느 날 어머니는 우체국에 소포를 찾으러 가셔야 했어요. 소포를 보내는 일이었다면 좀더 신중하셨을 겁니다. 형들 중 한 명에게 발송 용지 작성하는 걸 시키셨을 테니까요. 어머니는 소포라는 걸 받아보신 적이 한 번도 없었어요. 아직 글을 읽을 줄 모르는 나이였던 제가 어머니를 따라 우체국으로 향했지요. 창구 앞에 다다랐을 때 어머니가 소포 수령 통지서를 내밀었습니다. 그렇게 하면 된다고 형들이 어머니한테 설명했거든요. "통지서, 체류증, 모로코 여권을 건네면 돼요. 그러면 유리창 건너편에 있는 사람이 아무것도 묻지 않고 소포를 내줄 거예요." 이론상으로는 그랬을 겁니다⋯. 하지만 그날은 담당자가 어머니한테 저도 아직까지 그 용도를 알 수 없는 서류를 작성하라고 했지요. 당신이 글도 못 읽고 쓸 줄도 모른다고 말하는 게 창피했던 어머니는 우물쭈물하며 고개를 끄덕이시고는 담당자가 건넨 볼펜을 받아 당신을 도와줄 수 있는, 기꺼이 서류 작성을 해줄 누구 아는 사람이 있지 않을까 하는 마음으로 주위를 두리번거리셨어요. 우리 뒤에 사람이 두

세 명 줄을 서 있었지요. 그중에서 딱 봐도 다급해 보였던, 얼굴이 불그스름한 뚱뚱한 여자가 뭉그적 거리는 어머니의 면전에 아무래도 다음과 같은 말을 날려줘야겠다고 생각했나 봅니다. "이봐요! 글을 읽을 줄 모르는 거야, 아니면 쓸 줄을 모르는 거야?" 어머니는 아무 말도 못 들은 척하셨지요. 하지만 저는 어머니의 눈에서 흘러나온 눈물이 천천히 뺨을 타고 내려와 닫혀 있는 입술을 돌아 턱을 따라 미끄러지다가 서류 위로 툭 하고 떨어져 부서지는 걸 봤습니다. 손가락으로는 여전히 볼펜을 꼭 쥔 채 창구 직원에게 아무것도 쓰지 않은 서류를 내밀면 서 소포는 안 찾을 테니 그대로 보관하라고 떠듬떠 듬 말씀하셨지요. 어머니가 고개를 다시 들고 뒤로 돌아 그 불친절한 여자에게 기계적으로 고개인사 를 한 다음 우리는 우체국을 나왔답니다.

그 소포 안에 무엇이 들어있었는지 우리는 전혀 알 도리가 없었습니다. 그날 이후 저는 그 사건에 대해 어머니한테 한 번도 언급조차 하지 않았어요. 그리고 어머니는 다시는 우체국에 발도 들이지 않으셨지요. 어머니가 모시던 어떤 안주인 입에서 나온 말을 마치 당신이 쓰는 말처럼 종종 하시곤 했는데, "창에 찔린 상처는 나아도, 혀에 찔린 상처는 낫지 않는 법"이라 그랬을 겁니다.

7

어머니는 당신이 모셨던 안주인들을 꽤 좋아하
셨지요. 그 사람들을 비판한다거나 그들에 대해 불
평하시는 일은 거의 없었어요. 사정이 달라지려면
반드시 안주인들이 건방질 뿐 아니라 근본적으로
비열한 사람들이어야만 했지요. 어머니는 그 누구
한테든 단 한 번도 거만하게 구신 적이 없었어요.
어떤 사람이든 간에 늘 공감을 표하셨지요. 몇몇 안
주인이 어머니를 신경질나게 했던 건 상스러움 때
문이었습니다. 말하는 데의 상스러움이 아니었어

요. 그런 경우 거슬리기는 했지만 별로 큰 충격이 되지는 않았거든요. 어머니에게 거슬렸던 건 권력의 형태로 발현되는 멸시의 상스러움이었어요. 당신에 대한 경멸에는 익숙해지신 지 오래였으나 다른 사람들에 대한 경멸이 문제였습니다. 다른 모든이에 대한 경멸 말입니다. 어머니가 알지도 못하는모든 여성과 남성까지 포함해서 말이지요. 집에서는 사람들의 험담을 절대 못 하게 하셨어요. 관련된상황이 어떤 것이든 간에, 사람이 누구든지 간에 늘이해와 공감을 금방 표하셨지요.

또한 어머니가 누군가를 헐뜯는 걸 한 번도 들어본 적이 없었어요. 사람들에 대해 험담하는 것뿐 아니라 나쁘게 생각하는 것조차도 어머니한테는 유일하게 자기 자신을 불순하기 짝이 없다고 느낄 만한 일이 아니었을까 싶네요. 자기 눈에 비열해 보이는 태도를 스스로가 아무 생각 없이 취한다는 건 어머니에게 깊은 상처가 되었을 테니 말이지요. 안주인들에 대해서도 마찬가지였어요. 그분들을 너그러운 눈으로 바라보셨고 그 사람들도 그들 나름의 고민거리가 있으며 그들의 삶이 늘 부럽지만은 않은, 그런 축에 들지도 못하는 일들을 겪는다고 생각하셨어요. 이런 태도에다가 일에 대한 지대한 헌신이 더해져 어머니는 언제나 상사들로부터 좋은 평가를 받으셨답니다. 때로는 그분들로부터 들은 값진 조언이나 격언에서 무례함은 빼고 당신 것으로 만들어 필요한 경우 우리의 장래를 위해 진정한 교훈처럼 사용하셨어요. 그렇게 어머니가 쓰셨던 말 중에서 우리를 가장 포복절도하게 만들었던 건 파스키에라는 부인이 알려준 표현이었지요. 어느 날 그분이 이런 말을 툭 내뱉었던 겁니다. "알겠어요, 아줌마. 인생은 큰 똥 덩어리라고. 우리는 그걸 매일 찻숟가락으로 조금씩 떠먹는 거지. 늘 겉만 말이야. 안쪽은 절대 건드리지도 않아. 우리 삶의 문제가 바로 거기에 있는 거라니까."

어머니는 한 번도 돈을 가져보신 적이 없었는데 그렇다고 그것 때문에 크게 걱정하신 적도 없었어요. 분명 우리를 먹여 살리기 위해 열심히 품팔이를 하셨지만 결국 대부분의 안주인이 먼저 세상을 떠나버렸지요. 어머니는 작은 것에도 늘 만족해하셨고 단 한 번도 공주 드레스를 입거나 성에서 사는 걸 바라신 적이 없었습니다. 방 두 칸짜리 우리집으로도 충분히 행복해하셨어요. 엄마 품속으로 파고드는 강아지 새끼들처럼 우리는 몸의 온기와 애정의 온기가 구별되지 않은 상태로 서로 한데 뒤엉켜 자곤 했지요. 막내였던 저에게는 형들이 한 명씩 가족이라는 둥지를 떠날 때마다 이런 부대낌이 안겨다 주었던 감동들이 뭉텅뭉텅 떨어져 나가는 느낌이었답니다.

형들이 독립하면서 재정적으로 조금 여유가 생기자 처음으로 어머니가 저에게 옷을 사주신 적이 있었어요. 사실 그 전까지는 어느 집이나 막내의 경우에 그랬듯이 아버지가 아직 살아 계셨을 때부터 물려받아서 입는 게 일상화되어 있었지요. 우리 집에서 유일하게 부족한 적이 없었던 게 하나 있었는데, 바로 질 좋은 옷이었습니다. 어머니가 그 점에 신경을 많이 쓰셨거든요. 우리랑 형편이 비슷한 동네 아이들이 어느 계층에 속하는지 빤히 드러나는 옷을 입고 학교에 다녔던 데 비해 어머니는 우리가 잘 차려입고 다니는 것에 목숨을 거셨는데, 사치스러운 취향 때문도, 수치심 때문도 그렇다고 허세 때문도 아니었답니다.

우리 식구의 빠듯했던 의류 구매비용에서 옷의 품질이 중추적인 위치를 차지했던 것은 사실입니다. 제일 큰 형과 저의 나이 차만큼, 즉 20년에 걸쳐 진행되는 구소련식의 계획 경제였다고나 할까요. 우리 형제들이 각자 가지고 있던 옷가지 수는 주중에 입는 옷 한 벌, 주말과 휴일에 입는 옷 한 벌, 운동복 한 벌, 학교 갈 때 입는 셔츠 두 장으로 동일했어요. 첫째 형에게는 늘 새 옷을 입는 혜택이 주어 졌지요. 그 옷을 둘째 형이 물려받고, 다음에는 셋째 형, 그다음에는 넷째 형이 물려받았고요. 넷째 형과의 나이 차가 열 살이 나다보니 형제들 중 꼴찌인 저한테까지 넘어오게 되면 대부분 크기가 제대로 맞지 않는 기이한 옷차림으로 보기 흉했을 뿐 아니라 적어도 3년은 입어야 했는데, 유행은 말할 것도 없거니와 이미 낡아빠질 대로 다 낡아빠진 상태였지요. 다행히 제가 사춘기가 되었을 때 어머니에게 서슴지 않고 이야기했더니 반 아이들로부터 모욕적인 조롱의 대상이 되는 일이 없도록 유행에 맞는 옷을 몇 벌 사는 걸 승낙해주셨답니다.

반면 신발의 경우에는 견고함에도 한계가 있고 쉽게 균이 감염되는 문제도 있는 관계로 어머니는 결국 튼튼한 걸 선택했지만 시장까지 가서 저렴한 가격에 사오셨지요. 그렇지만 제 인생에서 대표적인 치욕 중 하나라고 한다면 지금도 별로 이야기하고 싶지 않은 황당한 에피소드를 들 수 있을 겁니다. 1978년에 저는 열두 살이었어요. 브랜드 로고가 찍힌 옷이 아직 유행하기 전이었지요. 그러니 수영복이 규탄의 대상이 되는 일은 없었습니다. 그해 저는 지리 선생님 주관으로 오스탕드로 떠나는 3일간의 수학여행에 잔뜩 들떠 있었어요. 그곳에 있는 해변에서 반나절 동안 자유시간이 주어질 예정이었거든요. 공교롭게도 수학여행을 떠나기 전날 저녁 가방에 수영복을 집어넣다가 못에 걸리는 바람에 수영복이 찢어지고 말았어요. 오스탕드에서 오후에 해변과 수영을 즐길 수 없게 되었다는 생각에 눈물이 왈칵 쏟아지더군요. 비통해하는 제 모습을 참을 수 없었던 어머니는 방법이 있다며 저를 안심시켜주셨어요. 저는 평온해진 마음으로 잠자리에 들었지요. 어머니는 형들을 위해 50년대와 60년대에 하셨던 것처럼 밤새 털실로 수영복을 떠주셨습니다. 어쨌거나 당시로서는 털실이 어머니 수중에 있던 유일한 재료였으니까요. 아침에 일어나서 어머니에게 살갑게 감사 인사를 하면서도 수영복 모양에는 별 신경을 쓰지 않았지요. 재질이 좀 이상하다 싶었지만 다른 수영복과 비슷해 보였거든요.

제가 어머니를 향해 저주를 퍼부어댄 건 이틀 후 바다에서 놀다 나올 때였어요. 입고 있던 수영복 털실이 물을 잔뜩 머금은 바람에 수영복이 무릎까지 쑥 내려가버린 겁니다. 더 내려가지 않게 수영복을 가까스로 부여잡았지만 은밀한 부위가 다 드러나면서 결국 제 명예는 실추되고 말았지요. 모든 친구의 야유를 받으며 버스에 올라탔고 이 일은 몇 년 동안 저를 쫓아다녔습니다. 전 이 일을 떠올리면서 웃어본 적이 한 번도 없어요. 수영복을 만드느라 애쓰신 어머니의 노고를 알고 있었고, 창피를 당했던 일을 이야기하면 어머니 가슴이 미어질 거라는 걸 알고 있었기에 제게 어머니를 비난할 권리가 있다고는 생각지 않았거든요.

반면에 어머니 때문에 속에서부터 짜증이 치밀어 오르고 제발 그러지 마시라고 종종 훈계 아닌 훈계를 했던 일이 하나 있는데, 그건 바로 왕관 쓴 사람들에 대한 어머니의 도가 지나친 사랑이었습니다. 예의바른 모로코 여인으로서 어머니는 왕가에 대한 그지없는 존경심을 한 번도 저버리신 적이 없었어요. 하산 2세가 서거했다는 소식을 접했던 날만큼 어머니가 슬퍼하시는 모습을 본 적이 없답니다. 제가 경악하는 건 이런 문화적 애착 때문이 아니에요. 어머니가 형들이나 저를 통해 유명인을 다루는, 특히 왕실과 왕족 일가를 다루는 전문 잡지인 〈푸앵 드 뷔, 이마주 뒤 몽드〉 기사를 곱씹느라 한없이 허비하셨던 바로 그 시간 때문이랍니다.

피착취의 대표 주자인 어머니는 당신의 사회적 지위에 대해 이러니저러니 말씀하신 적이 한 번도 없었습니다. 그런 일로는 절대 미소를 잃지 않으셨어요. 반면에 알지도 못하는 타바리스탄의 공주가 일상적인 교통사고로 다리가 부러졌다는 소식을 들으면 진심으로 슬퍼하셨어요. 노르웨이 여왕의 서거 소식에는 넋을 잃기도 하셨지요. 그리고 서민들이 사는 세상과 마찬가지로 그쪽 세상에 사는 '귀하신 분들'의 관습이 바뀌면서 어느 공국의 후계자인 공주가 무일푼이 되어 이혼했다는 소식을 듣고는 나락과 같은 혼란에 빠지셨답니다.

책 읽는 것에 취미도 없고 시간도 없었던 형들이 자기 아내나 여자 친구와 함께 휙 이사를 가고 나서 저는 몇 년 동안 어머니께 이 따위 기사를 읽어드려야 했고, 눈곱만큼도 관심 없는 소식들을 억지로 소화해내야 했지요. 그 기괴하고 시대에 뒤떨어진 세계에 대한 어머니의 관심을 끊어보려고, 그런 어리석은 일에 정신을 팔지 못하게 하려고, 계급의식이라는 걸 조금이라도 갖게 하려고 무척 애를 써봤습니다. 하지만 씨알도 먹히지 않았어요. 어머니에게 연대, 정의 또는 서민에 대한 온정이 가치가 없었기 때문이 아니라 그런 가치에는 꼼짝 못 하시는 분이었거든요. 그냥 왕, 왕비, 왕자, 공주 이야기에 대한 자신의 애착이 어떤 것에 방해가 되는지를 모르셨던 겁니다.

세월이 지나면서 어머니가 뜻을 굽히셨을 수도 있겠지만 문제의 그 잡지를 구독하는 것으로 끝내는 제가 백기를 들고 말았는데, 그 세계에 대한 열의가 있어서가 아니라 당연히 어머니에 대한 애정 때문이었지요. 주야장천 《나귀 가죽》만 읽는 것에 싫증이 난 제 머리도 식혀주고 제가 없을 때 어머니가 좋아하실 만한 사진이 잔뜩 실려 있는 잡지였거든요.

《나귀 가죽》에 관해 그리고 어머니와 벌인 격한 논쟁에 관해 제가 어떻게 어머니를 조예 깊은 작품 분석으로 학자답게 이끌었는지 이야기하면서 잘난 척을 좀 했습니다. 마치 어머니가 멍청이 같은 아들

놈이 알려드리면 바람직하겠거니 싶은 것으로 채워야 하는 빈 그릇이라도 되는 양 말이지요. 사실 어머니와 저는 사물에 부여되는 의미에 대해 자주 논쟁을 벌였어요. 어머니가 문학에는 완전 문외한이셨지만 그래도 관계와 인간심리에서는, 물론 개인적이지만 아주 명민한 관점을 가지고 계셨거든요. 십중팔구 인생의 경험에서 얻으신 것이겠지요. 그리고 양과 염소들 틈에서 보낸 유년 시절의 경험에서 얻으신 것일 겁니다.

자기 가족의 뿌리에 대해 어쩜 이렇게까지 건방진 태도를 취할 수 있는 걸까요? 어머니에 대해 이야기하면서 '양과 염소들 틈에서 보낸 유년 시절'이라는 말을 덧붙일 필요가 있었을까요?… 원래 제가 더 우월하다는 걸 보여줘야 했던 거겠지요. 전 도시 사람이니까요. 별 볼일 없는 시골뜨기였던 어머니의 눈에는 말입니다.

어머니나 저나 서로 한 치도 양보하려고 하지 않았던 논쟁이 떠오르는군요. 《나귀 가죽》에서 라파엘이 여관으로 이사했을 당시 열네 살이던 폴린과 라파엘의 관계에 대해서였습니다. 라파엘이 그 여관 주인에게서 이상형의 여인을 본 것이라고 제가 이야기했을 때 어머니가 눈살을 찌푸리시던 게 생각나네요. 어머니는 그 글과 더불어 소설의 다른 부분에 나와 있는 라파엘의 태도를 몇 차례 언급하시면서 계속 어깃장을 놓으셨어요. 하지만 저는 물러서지 않고 라파엘이 단도직입으로 어머니의 이미지를 신화적으로 재구현하는 단계에 접어든 것이라는 견해를 고수했지요. 제 말이 맞는 것이라고 어머니를 설득하기 위해 영문 책들을 면밀히 조사하기도 했고요. 설령 여관 안에 라파엘이 묵고 있던 다락방에서 묘사한 내용에 지나지 않는다 하더라도 거기에 들어 있는 수많은 모성에 관련된 비유를 어머니 코앞에 들이밀었지요. 라파엘이 창문에서 바라본 것을 묘사하는 내용이더라도요. 아니면 라파엘이 어머니를 묻은 섬을 묘사하는 내용이더라도 말입니다. 그래 봤자 아무 효력도 없었지만요.

그렇게 우리는 수년 간 작품, 인물, 거론된 주제, 논점, 대립에 대해 가능한 수많은 해석을 두고 논쟁을 벌였답니다. 어머니는 항상 경청해주셨고 제 관점을 받아들이셨지만 저는 어머니의 의견을 똑같이 경청해드린 적도, 어머니가 은쟁반에 변증법적 논거로 건네주신 것으로 추론을 해 보인 적도 거의 없었지요. 어머니는 늘 미소를 띠며 침착하고 사려 깊으셨던 반면, 저는 일방적으로 제 생각만 옳다는 어리석음을 범할 정도로 확신에 차서 격분하곤 했습니다. 제가 학교에서 강의를 하고 작가보다 독자가 된 건 훨씬 잘한 일입니다. 제 교만함이 독자를 금방 싫증나게 만들었을 테니 말이지요.

더군다나 글쓰기보다 독서 쪽으로 제 취향이 기울게 된 게 아주 어렸을 때 생긴 책에 탐닉하던 습관 때문인지, 아니면 어머니께 규칙적으로 책을 읽어드렸던 버릇 때문인지는 잘 모르겠네요. 늘상 그랬던 건 아니어서 열네 살 때는 단편소설 대회에 참가하기도 했습니다. 청소년들만 대상으로 하는 대회가 아니었는데 뜻밖에도 제가 일등상을 받게 되었지요. 수상식은 어느 일요일 브뤼셀 외곽에 있는 문학의 집에서 진행됐어요. 우쭐대며 어머니한테 대회 결과를 말씀드렸습니다. 스하르베르크의 방 두 칸짜리 집에서 어머니와 저 단둘이서만 살던 때였어요. 제가 상을 받는다는 소식에 너무나 감동하신 어머니는 수상식에 꼭 가겠노라고 하셨지요. 어머니와 저는 가장 멋진 옷으로 차려입었고 전날에는 미용실까지 다녀왔답니다. 공교롭게도 일요일에는 수상식장 방향으로 가는 버스가 없어서 문학의 집으로 연결되는 마지막 버스 정류장까지 12킬로미터를 걸어야 했지요. 우리의 이 대장정은 세차게 내리치는 비를 쫄딱 맞고서야 간신히 끝났답니다.

폼나는 시상식은 당연히 물건너가버렸지요. 어머니와 제 머리에서 물이 뚝뚝 떨어졌고 옷은 여기저기 온통 진흙투성이였습니다…. 강당에 있던 스무 명 남짓 되는 사람들이 맥없는 박수를 쳐주었어요. 당신이 있을 자리가 어디인지도 모르셨던 어머니는 아들이 당신 때문에 창피해하지 않을까 하여 입도 뻥끗하지 않으셨지요…. 돌아오는 길이 더 경쾌하지는 않았습니다. 며칠 몸살감기로 고생했지만 별일 없이 잘 지나갔답니다. 그러나 비바람을 조금이라도 막아보려고 둘이 꼭 붙어서 서로의 온기를 나누고 지나는 사람 하나 없는 이 골목 저 골목을 걸으면서 심사위원들에게 감동을 준 원고를 몇 번이나 다시 읽어달라고 조르시던 어머니와의 추억을 떠올리면 지금도 가슴이 뭉클해진답니다. 우리 가족사의 행복했던 몇 개의 에피소드에다 소박하지만 알차게 살을 붙여서 쓴 글이었지요. 그 이야기에서 어머니는 중요한 위치를 차지하고 있었답니다. 우리가 집에 도착했을 때 원고는 이미 너덜너

덜해졌고, 상으로 받은 플레이아드 출판사 최신판인 발자크의 《인간 희극》 6, 7, 8권은 우리처럼 홀딱 젖어 있었지요. 아마 이날은 제 평생 두고두고 기억에 남을 겁니다. 그날의 예기치 못한 돌발 상황들로, 어머니에게서 느낀 사랑으로, 보행자 하나 없는 거리에서 악운을 쫓아내기라도 하듯 사샤 디스텔의 〈모든 비가 나에게로 떨어져〉를 목이 터져라 불러대던 그 순간으로 기억될 겁니다. 몇십 년이 흐른 뒤에 어머니와 제가 발자크와 그의 작품 《나귀 가죽》으로 나누게 되는 특별한 이야기에 대한 암시라도 되는 듯 말입니다.

8

초인종소리가 한창 회상에 잠겨 있던 저를 깨웠습니다. 제가 모르는 간호사가 왔더군요. 큰 키에 아래턱이 나와 있고 말투가 고압적인 사람이었어요. 늘 오던 분이 병가 중이라는 설명만 간략하게 전하더군요. 어머니는 돌보미분들이 아프게 해도 불평 한마디 안 하셔서 늘 상냥하고 인상 좋은 분으로 통하셨지요. 그렇기는 해도 항상 사람이 바뀌면 좀 불안해하신다는 걸 잘 알고 있었습니다. 그 점을 간호사한테 알려주려고 했지요. 그분이 자기가 할 일은 알고 있다며 저에게 면박을 주고는 자기가 일하는 동안 저보고 나가 있어달라고 하더군요. 어머니는 별 말씀 없이 예의바르게 미소 띤 얼굴로 대하시겠지만 이 간호사의 무례한 태도가 어머니를 힘들게 하리라는 걸 모르지 않았지요. 저는 제 책상 앞에 자리를 잡고 앉았습니다. 20분이 지나자 간호사가 제 앞에 모습을 드러내더군요. 제가 읽고 있는 책 위로 커다란 노트를 툭 던지고는 물었습니다.

"이게 뭐죠?"

"어머니의 혈압, 체온, 산소 포화도 등 건강상태를 적어놓은 일기인데요….."

"뭐 때문에 매일 세 번씩 그렇게 하는데요?!"

"그렇게 건강상태를 계속 체크하라고 했거든요."

"편하게 가시게 해드리질 못하는군요!"

"…."

"저 정도 연세면 명은 다하신 거죠. 고통만 드리고 있는 거라고요. 어머니를 위해서가 아니라 자기 자신을 위해서 그러는 거잖아요."

반론의 여지도 없이 판단해버리는 사람들이 좋았던 적은 단 한 번도 없었습니다. 그 간호사 멱살을 잡고서라도 쫓아냈어야 했는데. 그러는 대신 저는 어머니라면 이러셨겠지 싶은 생각에서 아무런 대꾸도 하지 않았습니다. 그 여자한테 수표를 써주고 문까지 배웅하고는 고맙다는 인사를 건넸지요. 그 여자는 방금 저에게 두 대의 미사일을 날린 셈입니다. 하나는 어머니가 살아 계시는 것보다 죽어서가 더 행복할 거라는 암시를 던진 것과 다른 하나는 단지 내 마음 편하자고 어머니의 명을 연장하고 있다는, 도저히 수긍할 수 없는 이기주의로 저를 내몬 겁니다.

그 자리에서 간호사를 박살내버리지 못했던 건 잠깐이나마 그 사람의 말이 사실은 맞는 말일지도 모른다는 생각이 들었기 때문인 것 같습니다. 히스테리를 일으킬 정도였다고는 할 수 없지만 말이지요. 그 간호사로 인해 혼란스러웠던 건 틀림없는 사실이거든요. 뿌리째 흔들렸지요. 제 영혼이 갈기갈기 찢겨나가는 것 같았어요. 단 한 번도 문제삼아본 적 없는 확실한 것들을 단번에 날려버릴 정도였지요. 도리에 속한다고 생각했던 것, 나이 드신 부모님의 수명을 의학의 도움을 받아 유지하는 것은 어쩌면 결국 자식들의 이기심에 불과한 것일지도 모릅니다. 그 간호사를 생각하면 아직도 씁쓸한 기분이 들거든요. 이따금, 맞아요, 어머니가 "그만 가게 해다오. 너한테 짐만 되잖니"라는 말씀을 하신답니다. 그럴 때마다 가슴이 찢어지죠. 하지만 제가 곁에 있을 때면 어머니가 정말 행복하고 편안해 보이세요. 제가 어머니께 위로가 되는 건 확실합니다. 하지만 말씀은 안 하셔도 견디기 힘들 정도로 힘드신 건 아닐까요?… 저의 이런 집착이 따지고 보면 의학적만큼이나 감정적 수단에 의한 생명 연장이 아닐까요?

뒤미처 갑자기 화가 치밀어 오르네요. 만약 그 간

호사가 부유한 집에서 일할 때도 그런 생각을 했을
까요? 그냥 조용히 입 다물고 돈이나 챙겼을 겁니
다. 그에 비해 우리집에는… 늙고 가난한 아랍인 노
친네인데, 이게 다 무슨 소용이람? 우리집 마당에
도착했을 때 돼먹지 않은 간호사의 짧은 생각으로
분명 그렇게 생각했을 겁니다. 어쩌면 길거리의 튀
어나온 돌부리에 걸려 성질이 나 있었을지도 모르
죠…. 그 여자는 가난한 사람들을 좋아하지 않는 게
분명합니다. 하지만 그것으로는 부족하지요. 가난
한 사람들은 아무짝에도 쓸모없다고 생각하는 겁
니다. 그런 사람들 때문에 지역사회를 유지하는 데
비용이 많이 든다고 생각할 수도 있고요. 그러니 가
난하고 늙고 외국인인 이런 피조물이 썩기만을 기
다리는 게 무슨 소용이 있을까요? 결국 저도 별반
다르지 않은 결론에 이를지도 모르지요. 맞아요, 어
머니가 하늘나라로 가게 되면 저는 개인적인 시간
을 더 많이 가질 수 있을 겁니다. 드디어《나귀 가
죽》말고 다른 책도 읽을 수 있을 테고 말이지요. 어

쩌면 여성과 관계를 형성할 수도 있고요. 이번에는 제가 아이들을 가질 수도 있겠네요. 어머니의 고통을 덜어드릴 수도 있고요. 이 자리에서. 지금 당장 말입니다. 어머니는 저에게 힘내라며 끝까지 찬의의 미소를 지으며 눈을 감으시겠지요. 어머니가 좋아하시던 노래 구절을 흥얼거리며 어머니의 목을 살며시, 그러다가 점점 더 세게 누를 겁니다. 그러고 나서 목을 조르던 손을 풀겠지요. 어머니의 미소는 변함이 없을 겁니다. 영원히 그대로 남겠지요. 그리고 저 위에서 저에게 이렇게 해방시켜줘서 고맙다고 하실 겁니다….

구역질이 납니다. 그 간호사를 죽여버렸어야 했습니다. 그 사람이 태어났을 때 말이지요. 제가 어떻게 그런 생각이 드는 걸 가만히 두고 보고 있었던 걸까요? 저는 어머니를, 어머니의 환한 미소를, 상대를 무방비상태로 만드는 어머니의 순진함과 다시 재회할 자격도 없는 놈이에요. 그렇지만 어머니한테 가봐야 합니다. 어머니가 변기를 달라고 하시거든요. 제 삶이 과연 지역사회에 도움이 되는 걸까요? 적어도 어머니한테는 도움이 되고 있지요. 뭐, 그러길 바란다는 말입니다. 어머니께서 불행하게 돌아가신다는 건 생각만 해도 끔찍합니다. 다른 사람들을 위해 행하신 모든 걸 생각해보면 말입니다. 그럼 저는 어머니한테 어떤 도움이 되고 있는 걸까요? 잘 모르겠습니다. 그 간호사는 정말이지 꼴도 보기 싫습니다.

9

저는 매일 여기, 어머니 곁에 자리를 잡고 앉습니다. 몇 시간씩이고 말이지요. 수업 준비를 하거나 학생들이 쓴 글을 교정합니다. 이렇게 일하다가도 만사 제쳐놓고 어머니가 아끼는 발자크 작품을 읽어드리는 법은 이미 터득했답니다.

그녀가 종에 달린 끈을 잡아당기려고 했지, 웃음이 터져 나오더군.

"부르지 마세요." 나는 말을 이었지. "당신이 편안

하게 명을 다할 때까지 놔둘 겁니다. 당신을 죽인다는 건 증오란 게 무엇인지 제대로 이해하지 못하는 거겠죠! 그 어떤 폭력도 없을 테니 걱정하지 마세요. 밤새도록 당신 침대 발치에 있으면서, 아무 짓도…."

"므슈." 그녀가 낯을 붉히며 말했어. 거의 느껴지지 않을 정도였지만, 여자라면 지녀야 할 수줍음에 따른 이 첫 번째 반응을 보인 다음, 나에게 멸시의 눈길을 던지며 말했지. "꽤나 추우셨겠네요!"

이따금 어머니는 저의 안색이 별로 안 좋고 볼이 쏙 들어갔다며 걱정을 하십니다. 그러면 저는 몇 년 동안 대부분의 식사를 어머니랑 같이하고 있지 않느냐. 잘 먹고 있고 아무 문제도 없다는 말로 어머니를 안심시켜드리죠.

저는 어머니 손을 잡은 채 이렇게 앉아 있습니다. 어머니를 한껏 느끼는 것만으로도 좋답니다. 어머니가 살아 계신 소리를 듣는 것만으로도, 어머니의 맑은 눈빛을 쳐다보는 것만으로도, 어머니의 수수께끼 같은 미소를 마주하는 것만으로도 좋습니다. 감정이 북받쳐 오를 때면 저는 고개를 돌립니다. 제 얼굴에 흘러내리는 어린아이의 눈물이 어머니께 크나큰 고통을 불러일으키지 않도록 말이죠. 제 숨을 막고, 뜨거운 화상 자국처럼 제 심장을 관통하고, 제 인생을 멈춰버리게 하는 그 문제에 대해 생각하는 걸 얼마나 많이 미뤄왔는지 모릅니다…. 모든 게 끝날 때, 시간이 어머니의 업적을 완성할 때, 질병 앞에 몸이 백기를 들고 무릎을 꿇을 때, 싸우다 지쳐 더이상 숨을 쉴 수 없을 때, 더이상 눈을 뜰 힘이 없을 때, 죽음과의 휴전이 체결되는 바로 그때인 '그 날이 오면…'이라는 문제 말입니다. 그것에 대해서는 생각하고 싶지 않지만 그렇다고 머리에서 떨쳐낼 수도 없답니다. 밤마다 자다 말고 세 번, 네 번, 다섯 번 조용히 일어나서 어머니의 숨소리를 듣고 제 삶의 끈, 제 삶 전체를 지탱해주는 줄이 되어버린 고르지 못한 호흡을 유심히 살펴봅니다.

　어머니가 텔레비전을 보거나 주무실 때면 어머니의 얼굴을 찬찬히 들여다봅니다. 주름살을 하나하나 다시 새겨보고 눈매를 다시 그려보고 또 그려보면서 작은 것 하나 빼놓지 않고 기억에 담아놓지요. 그 '날'에 대해서는 생각하고 싶지 않습니다. 집 안 이곳저곳에서 느껴질 공허함, 나를 기다리는 침묵에 대해 생각하고 싶지 않아요. 저를 낳아주신 분, 저에게 자신의 삶을 나눠주신 분, 늙어서도 저의 평안과 행복을 염려하고, 저의 건강과 근심에 전전긍긍하던 분 없이 살아갈 수 있을까요? 슬플 땐 누구의 무릎에 머리를 올려놓을 수 있을까요? 위로를 받으려면 누구의 손을 잡아야 할까요? 어머니만이 주실 줄 아는 사랑을 어떤 눈에서 느낄 수 있을까요?

　사샤 디스텔의 〈올드 레이디〉라는 노래를 되새

겨봅니다. "네가 마음이 아플 때나 / 기분이 안 좋을 때 / 너를 걱정하는 사람이 있단다 / 바로 네 곁에 있지 / 네가 바라는 건 뭐든 들어줄 준비가 되어 있단다."

저희 어머니는 난공불락의 요새, 바람과 파도로부터 분명히 저를 지켜줄, 제가 언제나 안심하고 품으로 달려들었던 요새입니다. 어머니의 팔은 저의 성벽이죠. 그 성벽이 무너지면 어떻게 될까요? 생각만 해도 눈물이 나네요. 그 생각만 하면 용기가 나질 않아요. 그 생각을 하다가 다시 현실을 직시합니다. 어머니는 아직 살아 계십니다. 저는 '지금'에 머물러 있어야 하고, 매 순간을 만끽하고, 어머니의 미소를 하나도 빠짐없이 기억에 새기고, 찰나의 모든 순간을 불멸의 시간으로 만들어야 합니다. 여기에 있어야 하는 겁니다. 언젠가는 그 '날'이 저를 덮쳐오겠지요. 하지만 지금 당장은 아닙니다…. 오늘은 아니에요.

1월의 어느 추운 아침, 그리도 두려웠던 그 '날'이 찾아왔습니다. 전날 저녁에 눈이 내렸어요. 어머니는 하늘거리는 눈송이를 볼 수 있게 커튼을 걷어달라고 하셨지요. "보이니, 아들아. 저 눈송이들이? 천사들의 베개란다…. 날 데리러 왔나보다"라며 어머니가 숨을 할딱이셨어요. 저는 미소를 지었지요. 어머니의 시적인 표현은 늘 놀라웠습니다. 한 번도 글이라고는 쓰실 줄 몰랐던 어머니의 입에서 가끔씩 불쑥 튀어나오는 문장들이 저의 말문을 막히게 했답니다. 저는 "아니에요, 어머니. 잠드실 수 있게 토닥거려드리려고 오는 거예요"라고 응수하며 감정을 눌렀지요. 어머니의 상태가 며칠째 점점 더 나빠지고 있었습니다. 의사와 간호사는 때가 되고 있다는 것을 알리기라도 하듯 어머니가 극도로 약해지신 상태라고 말해주었어요. 하지만 어머니가 잘 버텨주시는 데 익숙해져 있던 저는 그들이 하는 말을 별로 귀담아듣지 않았지요. 제 안에서 뭔가 뜨거운 것이 느껴졌음에도 말이에요. 그날 저녁 저는 오랫

동안 어머니 곁에 머물러 있었습니다. 낮에 있었던 일들을 시시콜콜 들려드렸지요. 전에는 한 번도 그런 적이 없었는데 그때는 밤이 오지 않게 시간을 붙잡고 싶었고 하루를 길게 늘리고 싶었습니다. 어머니는 생각에 잠긴 듯이 제 이야기를 귀 기울여 듣고 계셨어요. "때가 됐구나." 화살처럼 어머니의 말이 제 이야기를 끊어버렸습니다. 어머니가 제 쪽으로 천천히 고개를 돌리셨어요. "고맙다, 아들아…." 제가 언제부터 울음을 터뜨렸는지는 기억이 나질 않습니다. 그냥 "어머니"라는 말만 했어요. 어머니 침대에 천천히 제 머리를 기댔습니다. 어머니도 눈물을 흘리셨지요. 어머니의 볼 위에서 우리 두 사람의 눈물이 하나가 되었습니다. 사샤 디스텔의 〈올드 레이디〉를 불러드렸습니다. "나이가 들면 / 아이가 / 필요하지 / 여정을 끝내기 위해서."

"95, 94, 93, 92, 91, 90…." 어머니의 손끝에 연결되어 있는 산소 포화도 측정기가 어머니의 삶이 끝

나가는 마지막 순간을 임상적인 관점에서 냉담하게 삑삑거리며 알려주고 있었습니다. 제 눈앞에서 막연하게나마 막아보려고 했지만 그럴 수 없었던 영면의 세계로 어머니가 떠나고 있었어요. 제 안의 모든 것이 일순간에 무너져 내렸습니다. "7, 6, 5, 4, 3, 2, 1, 0" 마지막 숫자가 표시됐을 때 어머니의 눈에서 다시는 생기를 찾아볼 수 없다는 걸 알았지요. 그렇게 어머니는 돌아가셨고 0으로 표시된 숫자를 통해 어머니의 삶이 끝났음을 눈으로 확인할 수 있었습니다. 또는 세상 사람들의 눈에는 어머니의 인생이 빵점의 삶으로 요약된다는 걸 말입니다.

빛이 꺼져버린 어머니의 눈을 들여다볼 엄두도 내지 못한 채 제 손으로 어머니의 눈을 감겨드렸습니다. 제가 흘리는 눈물에 행여 어머니가 마음 아파하실까봐 저는 고개를 돌렸습니다. 그 순간 제 건강 상태에 이상이 없다는 걸 확인하고 싶었는지, 정확히 왜 그랬는지는 잘 모르겠지만 아무 생각 없이 제

손가락에다 기계를 꽂아보았습니다. 왜 숫자가 바로 95 이상으로 올라가지 않고 속절없이 0에 머물러 있었는지 이해가 가지 않았지요.

"발자크 소설 좀 읽어주겠니?"라는 소리가 들리던 순간 저는 깨달았습니다. 숨을 다한 건 어머니가 아니라 기계였던 겁니다.

어머니는 아직 여기에 이렇게 계십니다. 그리고 저는 아직도 어머니 곁에 있습니다. 마치 어머니의 그림자라도 되는 것만이 저의 진정한 삶, 의미가 있고 제가 행복해지는 삶인 것처럼 말이지요.

저의 어머니가 훌륭한 어머니였는지는 모르겠습니다. 아니면 단지 자신이 할 수 있는 걸 했던 어머니였는지도 모르지요. 신이 어머니에게 준 이해와 사랑과 용기를 갖고서 말입니다. 인내심도 빼놓을 수 없겠지요. 제가 아는 건 단지 그분이 저의 어머

니라는 겁니다. 그리고 이번 생에서 제가 누린 가장
큰 호사는 어머니를 사랑할 수 있었던 것입니다.

- 《우리는 서로 할 말이 참 많습니다》
- 《기독교도와 회교도 간의 진정한 대화》(크리스티앙 들로
  르므 공저), 알뱅 미셸, 1997년; 〈에스파스 리브르〉 컬렉션,
  1998년
- 《이슬람의 새로운 사상가들》, 알뱅 미셸, 2004년; 〈에스파
  스 리브르〉 컬렉션, 2008년
- 《모하메드 아르쿤》
- 《이슬람의 인본 구조》
- 《지식의 여정》(라시드 벤진 & 장-루이 슐레겔과의 대담) 알뱅
  미셸, 2012년
- 《공화국, 교화, 이슬람》
- 《프랑스혁명》(크리스티앙 들로르므 공저), 바이야르, 2016년
- 《청년들을 위한 코란》, 쇠이유, 2013년; 증보개정판, 2016년

- 《누르, 난 왜 아무것도 못 본 거지?》, 쇠이유, 2016년
- 《누르에게 보내는 편지》, 포엥, 2019년
- 《그래서 코란에는 뭐가 있는데요?》(이스마엘 사이디 공저),
  라 부아트 아 팡도르, 2017년
- 《유대인 혹은 무슬림이 되는 1001가지 방법》(델핀 오르빌뢰
  르 공저), 쇠이유, 2017년; 포엥, 2019년

사라질까 두려운
어머니와의 추억들

첫판 1쇄 펴낸날 2021년 1월 15일

지은이 | 하쉬드 벤진
옮긴이 | 문소영
펴낸이 | 박남주

종이 | 화인페이퍼
인쇄·제본 | 한영문화사

펴낸곳 | (주)뮤진트리
출판등록 | 2007년 11월 28일 제2015-000059호
주소 | 서울시 마포구 토정로 135 (상수동) M빌딩
전화 | (02)2676-7117 팩스 | (02)2676-5261
전자우편 | geist6@hanmail.net
홈페이지 | www.mujintree.com

ISBN 979-11-6111-062-2 03860

• 책값은 뒤표지에 있습니다.